小木屋的故事系列

银湖岸边

（插图版）

［美］罗兰·英格斯·怀德◎著

朱敏◎译

吉林美术出版社 | 全国百佳图书出版单位

图书在版编目（CIP）数据

银湖岸边：插图版 /（美）罗兰·英格斯·怀德著；
朱敏译. -- 长春：吉林美术出版社，2023.5
（小木屋的故事系列）
ISBN 978-7-5575-5659-4

Ⅰ.①银… Ⅱ.①罗… ②朱… Ⅲ.①儿童小说 – 长
篇小说 – 美国 – 现代 Ⅳ.①I712.84

中国版本图书馆CIP数据核字（2020）第130868号

小木屋的故事系列　银湖岸边

XIAO MUWU DE GUSHI XILIE　YINHU ANBIAN

出 版 人	华　鹏
作　　者	[美]罗兰·英格斯·怀德 著
译　　者	朱　敏
责任编辑	栾　云
装帧设计	张合涛
开　　本	680mm×960mm　1/16
印　　张	13.5
字　　数	175千字
版　　次	2023年5月第1版
印　　次	2023年5月第1次印刷
出版发行	吉林美术出版社
地　　址	长春市净月开发区福祉大路5788号
邮　　编	130118
印　　刷	天津海德伟业印务有限公司
书　　号	ISBN 978-7-5575-5659-4
定　　价	48.00元

目录

contents

第一章
意外来客

一天早晨，罗兰正在屋里洗碗，趴在门口晒太阳的老杰克叫起来。她知道有人来了，抬头一看，一辆马车正驶过梅溪的碎石浅滩朝小屋的方向驶来。

"妈！"她喊道，"有位陌生女士来了。"

妈叹了一口气。屋里乱糟糟的，她感到很不好意思，罗兰也觉得挺难为情的。可是妈身体虚弱，罗兰又太忙，而且她们心里充满了悲伤，也就顾不上这些了。

玛丽、卡琳、格蕾丝和妈都染上了猩红热。梅溪对岸的尼尔森一家也染上了这种病，所以没人能帮爸和罗兰。医生每天都会来家里出诊，爸忧心忡忡，不知道怎样才能付得起这笔昂贵的医药费。最糟糕的是，热毒侵入了玛丽的眼睛，她瞎了。

现在，玛丽的病情稍微有了好转，可以裹着被子坐在妈的山胡桃木旧摇椅里。她病了很久，开始的时候，玛丽的眼睛还能看到一点儿东西，可时间一天天过去，她的眼睛越来越看不清楚，在这段难熬的日子里，她从来没哭过。现在，连最明亮的光线她也看不见了，可是她仍然保持着耐心，坚强地面对生活。

玛丽那头漂亮的金黄色头发已经没有了。因为猩红热，爸把她的头发剪短了，这让她看起来像一个男孩子。她的蓝眼睛依然很美丽，可是再也闪烁不出动人的光芒，也不能用眼睛告诉罗兰她心里在想什么了。

"谁会这么早到这儿来呢？"玛丽很想知道，她侧着耳朵，把头转向马车方向。

"是一位独自驾驶马车的陌生女士，她戴着一顶棕色的太阳帽，拉车的是一匹栗色小马。"罗兰回答道。爸说过，她必须当玛丽的眼睛。

"你们想想，我们午餐吃什么？"妈问他们。她的意思是如果到了午餐时间，这位女士还没有走，家里能拿什么来招待客人。

家里只有面包、糖和土豆。眼下是春天，菜园里的蔬菜还没长成，奶牛没有产奶，母鸡要等到夏天才开始下蛋。梅溪里只剩下一些小鱼，就连那些白尾野兔也被捕得所剩无几了。

爸不喜欢这种荒凉、猎物稀少的地方。他想到西部去申请一块放领地，这种想法已经有两年了。可是妈不愿意再搬走了，况且家里也没钱。自从闹过蝗灾后，爸就只种出两茬小麦，收成微薄，何况现在又要支付医药费。

罗兰坚定地回答妈说："对我们来说是很好的食物，那么对任何人都是很好的！"

马车停了下来，陌生的女士坐在车里，打量着门口的罗兰和妈。她是位美丽的女士，穿着整洁的棕色印花裙，戴着棕色的太阳帽。罗兰突然有些难为情，因为她穿着破旧的裙子，辫子也没有梳理。妈慢慢地说：

"天啊，是杜西亚！"

"我以为你认不出我来了呢。"这位女士说，"自从你们一家人离开威斯康星，已经过了很多年。"

她就是漂亮的杜西亚姑姑。很久以前，他们住在威斯康星大森林里时，罗兰在爷爷家举办的枫糖舞会上见过杜西亚姑姑，当时她穿着一件连衣裙，裙子上的那排纽扣像黑草莓一样。

杜西亚姑姑已经结婚了，嫁给一个有两个小孩的鳏夫。她的丈夫是个承包商，负责在西部修建新的铁路。杜西亚姑姑这次独自驾车，从威斯康星出发，要去达科他地区的铁路营地。

她是顺路来拜访，看爸是否愿意跟她一起去。她的丈夫——罗兰应该称为海依姑父——急需一个可靠的人给他看管商店、记录账簿还有计算工时。爸可以干这份工作。

"月薪是五十美元，查尔斯。"杜西亚姑姑说。

爸清瘦的脸原本绷得紧紧的，一听这话，一下子变得舒展开

来，碧蓝的眼睛闪闪发光。他慢慢地说："这样，我可以一边寻找放领地，一边还能挣得一份丰厚的工资，卡洛琳。"

可妈还是不愿意去西部。她环顾厨房，看了看卡琳，又看了看抱着格蕾丝的罗兰。

"查尔斯，我不知道该怎么办。"她说，"月薪五十美元，这确实很不错。可是，我们已经定居在这儿了，而且还有自己的耕地。"

"听我说，卡洛琳。"爸恳求道，"到了西部，我们就会得到一百六十英亩①的土地，而且那儿的土地跟这儿的一样肥沃，甚至更好。如果政府愿意用那里的一块地，来补偿我们在印第安保留区失去的土地，我们为什么不要呢？在西部打猎很容易，想要吃什么肉就有什么肉。"

罗兰一直向往着去西部，她差点儿忍不住要央求妈了。

"可是我们现在怎么去呢？"妈问，"玛丽身体虚弱，经不起长途颠簸。"

"是啊，确实是这样。"爸说。然后，爸又问杜西亚姑姑："那份工作能不能等一等？"

"不行，"杜西亚姑姑说，"不能等，查尔斯。海依现在急需用人，你要么现在就去，要么就放弃。"

"一个月五十美元，卡洛琳，"爸说，"还有一块放领地。"

过了好一会儿，妈才轻声说："好吧，查尔斯，只要你觉得好，那就去吧。"

"我接受这份工作，杜西亚！"爸站起身来，弹弹他的帽子，"有志者，事竟成。我这就去找尼尔森。"

罗兰太兴奋了，连家务活儿都干不下去了，杜西亚姑姑来帮她。她们一起做家务时，杜西亚姑姑把威斯康星那边发生的事情讲

_____
① 1 英亩 =6.072 市亩。

给罗兰听。

杜西亚姑姑的妹妹——鲁比姑姑，也结婚了，现在有了两个儿子和一个叫多莉的女儿。乔治姑父是一名伐木工人，在密西西比地区伐木。亨利叔叔一家人过得不错。在亨利叔叔严厉地管教下，查理堂哥比原来好多了。爷爷和奶奶还是住在他们的大木屋里。他们现在已经积蓄了一些钱，可以买房子了，可是爷爷说，用上好的橡木做成的墙壁比薄薄的锯木板搭成的墙壁好多了。

那只黑猫苏珊，在罗兰和玛丽离开森林里的小木屋时把它留在那里，现在还活得好好的。小木屋的主人已经换了好几次，现在成了一个谷仓，可是黑猫苏珊说什么也不肯离开，它在这个仓库里过得很滋润，专门捉老鼠吃，长得胖乎乎的。当地几乎家家户户都养着苏珊的儿女，这些小猫都是捉老鼠的好手，长着大耳朵、长尾巴，跟黑猫苏珊一样。

爸回来的时候，午饭已经准备好了，屋子也打扫得干干净净。爸把耕地卖给了尼尔森，尼尔森付了两百元现金，爸显得很高兴。"这笔钱可以还清我们所有的债务，还可以剩下一些。"他说，"不错吧，卡洛琳？"

"我只希望这是最好的选择，查尔斯，"妈回答说，"可是……"

"等等，听我说，我都计划好了。"爸说，"明天早上我跟杜西亚先走，你和孩子们留在这里，等玛丽的身体康复了再动身，可能要一两个月吧。尼尔森答应帮我们把东西运到火车站，你们就坐火车到那边找我。"

罗兰睁大眼睛看着爸，卡琳和妈也看着他，玛丽说："坐火车？"

她们可从来没有想过会坐火车出远门。当然，罗兰知道有人是坐火车远行的，但是也听说过火车常常出事故，坐车的人有可能丢掉性命。她并不害怕，只感到非常兴奋。卡琳睁大了眼睛，清瘦的小脸蛋上写满了惊恐。

她们见过火车在大草原上呼啸而过，火车头喷涌出黑色的烟雾。她们也听过火车奔驰时发出的轰隆隆的响声和刺耳的汽笛声。要是马看见一列火车冲过来，而赶马的人又没有牵好它的话，马就会受惊逃开的。

妈平静地说："有罗兰和卡琳帮我，我保证能顺利搬家。"

第二章

成 长

爸明天一早就要走了，所以有很多事情需要处理。爸把那顶旧的篷车支架安在马车上，然后罩上帆布。这辆马车已经十分破旧了，但是还可以应付眼下这趟短途。杜西亚姑姑和卡琳帮着爸把东西搬上马车，罗兰忙着清洗熨烫衣物，给爸准备路上吃的饼干。

大家都在忙碌着，杰克一直守在旁边。没有人注意到这只老斗牛犬，直到最后罗兰突然看见它站在了家门口和马车之间。它不再像以前那样活蹦乱跳，也不再咧着嘴开心地笑。它四只脚僵直地站在那儿，一动也不动，风湿病正在折磨着它。它的眼睛里充满了哀伤，短短的尾巴没精打采地垂着。

"我的乖杰克。"罗兰亲昵地叫它，可是它没有欢快地摇尾巴回应她，只是忧伤地看着她。

"爸，你看杰克。"罗兰说着，弯下身来心疼地抚摸着杰克光滑的脑袋。杰克以前那漂亮的棕色皮毛现在变成了灰白。最开始是鼻子变成了灰色，接着是下巴，现在连耳朵也变成灰白色的了。杰克把它的头依偎在罗兰身上，轻轻地叹了一口气。

就在这一刹那，罗兰突然明白杰克是太老了，它再也不能像以前那样跟着马车一路跑到达科他州去了。它心里不安，是因为看到马车又要准备上路，而它自己已经年老体弱，跟不上了。

"爸！"罗兰喊道，"杰克再也不能跑那么远的路了！爸，我们不能丢下杰克不管啊！"

"那么远的路，它走起来是有些困难了。"爸说，"我差一点儿把这个给忘了。我把饲料袋挪一下，给它腾出一块空地来，让它坐在马车上。你喜欢坐马车吗，杰克？"

杰克礼貌地摇了一下尾巴，然后扭过头。看来，它不愿意离开这儿，哪怕是坐马车也不愿意。

罗兰跪在地上，就像她小时候那样紧紧地抱着杰克："杰克！杰克！我们要去西部了，你难道不愿意和我们一起去吗，杰克？"

以前，每次杰克一看见爸把帆布篷搭在车架上，就会高兴得又蹦又跳。马车还没出发，它就已经在马车的旁边准备好了。从威斯康星到大森林到印第安保留区，再回到明尼苏达州，它在马车的阴影中，跟在马身后，一路小跑。它蹚过溪水，游过河流，每天晚上，当罗兰睡在马车里的时候，它就趴在车下忠心耿耿地守卫着。每天清晨，虽然它的脚因为长时间奔跑而酸痛，可是它仍然高高兴兴地陪着罗兰去看日出，看着爸把马套上马车，它总是满心欢喜地迎接新的旅程。

可现在，它只能无力地倚靠着罗兰，用鼻子蹭着她的手，示意罗兰抚摸一下它。罗兰心疼地抚摸着杰克灰白的脑袋和耳朵，她能感觉到杰克有多么疲惫。

自从玛丽、卡琳和妈先后患了猩红热，罗兰就顾不上杰克了。以前，罗兰遇着什么麻烦，杰克总会想方设法帮她。但是一家人生病了，它却无能为力。也许在这段时间里，它觉得自己被忽略了，觉得非常孤独。

"杰克，我不是有意的。"罗兰安慰它。杰克一下就明白了罗兰的心意。它和罗兰之间总是心心相印。在罗兰小的时候，杰克就无微不至地照顾着她，后来又帮着罗兰照看幼小的卡琳。每当爸出远门，杰克总是留在罗兰身边，和她一起照顾她的家人。杰克是罗兰形影不离的伙伴。

她不知道该怎么向杰克解释，现在它必须离开她，跟着爸一块儿走。可能无论如何它都不能明白，她过不了多久就会坐火车去那儿。

现在，罗兰没时间陪杰克玩了，她还有好多事情要做呢。不过整个下午，只要罗兰一有空闲，就走过去对杰克说："你好乖呀，杰克。"她给它准备了一顿丰盛的晚餐，然后就忙着洗碗盘，摆好明天一大早早餐要用的餐具，替杰克整理好窝。

杰克的窝是一床旧马毡，铺在后门耳房的一个角落里。自从他们搬到这栋木屋来，它就一直睡在这儿。罗兰睡在阁楼上面，它没办法爬上阁楼的楼梯。它已经在这儿睡了五年了，罗兰总是把它

的窝收拾得干净舒适。可是最近她太忙了，把铺床这件事忘了。杰克试着用爪子刨开毡子，想自己弄得舒服一点儿，可是那条马毡太硬太皱了，杰克没法把它铺好。

罗兰把马毡子抖开，然后舒展地铺在窝里。这时候，杰克一直温柔地看着她，幸福地摇着尾巴，感谢罗兰为它收拾好了窝。罗兰把马毡子铺好后，拍了几下，示意杰克它的床铺好了。

杰克走进去，转了一圈，然后停下来，歇了歇僵硬的腿，继续慢悠悠地转。它总要转三次才肯趴下来睡觉。无论它是小狗的时候，还是在大森林里、在马车下面的草地上，都是这样做的。

杰克转完了第三圈，已经累坏了。它扑通一声趴下去，叹了一口气，身体蜷缩在一起。不过，它仍然抬着头，盯着罗兰。

罗兰抚摸着杰克头上那细细的灰毛，情不自禁地回想起杰克陪伴她的美好时光。因为有杰克陪伴在她左右，狼群或印第安人都不敢靠近她。很多个傍晚，杰克帮着她把牛群赶回牛棚。他们一起在梅溪边无忧无虑地玩耍，在那只凶巴巴的老螃蟹居住的池塘，他们度过了一个个开心的下午时光。当罗兰去上学的时候，它就忠心耿耿地守在浅滩那儿，一直等着她回家。

"乖杰克，乖狗狗。"她无限怜惜地说。它转过头，伸出舌头舔了舔她的手，然后低下头，把鼻子埋进爪子里，轻轻地叹了一口气，闭上了眼睛。现在，它想好好歇一歇啦。

第二天早晨，罗兰从楼梯上走下来，爸正要到屋外去干杂务活。爸向杰克打了打招呼，可杰克却一动不动。

杰克趴在马毡上，蜷缩成一团，身体已经僵硬冰冷了。

他们把杰克埋在麦田上方的一个斜坡上，从前它跟着罗兰一起赶牛的时候，总是欢天喜地冲下那条小路。爸把杰克装进一个木箱子里，然后铲一些土盖在上面，把坟头整得平平的。等他们去了西部之后，坟堆上将会长出葱葱青草。杰克再也呼吸不到清晨清新的空气，再也不会竖起耳朵、咧开嘴巴在矮草丛里欢蹦乱跳了。它再也不能用鼻子蹭着罗兰的手，让她摸摸它。有多少次她可以不用杰克来央求她，就应该主动去抚摸它啊，可是她却没有这么做。罗兰现在想来追悔莫及，不停地流着眼泪。

"别哭啦，罗兰，"爸说，"杰克已经去了天堂。"

"真的吗，爸？"罗兰哽咽地问道。

"是的，好狗总会有好报，罗兰。"爸安慰罗兰说。

也许，在天堂里，杰克正迎着风兴高采烈地在大草原上飞奔，就像又回到了印第安保留区美丽而狂野的大草原，也许它最终逮住了一只长耳大白兔。以前它总想逮到一只长着长长的耳朵、长长的腿的兔子，可总是空手而归。

那天早晨，爸架着吱嘎作响的旧马车，跟在杜西亚姑姑的马车后面走了。杰克再也不能陪伴在罗兰的身边，陪她一起目送着爸渐渐远去的背影。罗兰心里空荡荡的，再也看不到杰克仰起头来望着她、安慰她，告诉她它会在她身边保护她。

罗兰明白，自己不再是一个小女孩了。现在她没有人可依靠，必须要好好照顾自己。她想，当一个人必须自己照顾自己，而他又做到了这一点，那就表明这个人真正地长大了。罗兰的个子并不高，不过，她快满十三岁啦，不能再等着别人照顾她了。爸去西部了，杰克也没了，现在，妈需要她来帮忙照顾玛丽和小妹妹们。无论怎样，她们都要一起坐上火车，平安抵达西部。

第三章
第一次坐火车

当坐火车的那一天终于到来时，罗兰几乎不敢相信这是真的。一个星期接一个星期，一个月接一个月，时间好像永远没有尽头，而现在转眼之间就到了启程的时候。梅溪、木屋以及那些罗兰熟悉的坡地和田野都再也看不见了。最后那几天，她们忙得不可开交，要收拾行李、打扫房间、擦洗地板、洗熨衣服。临行前一刻更是忙成了一团，她们得抓紧时间洗澡换衣服。在一个平常日子里的清晨，她们穿着浆洗过的衣服，并排坐在候车室里的长凳上，等着妈买票回来。再过一个小时，她们就要坐上火车啦。

两只行李包放在候车室外洒满阳光的站台上。罗兰按照妈的吩咐，看着这两只包，看着背包和格蕾丝。格蕾丝穿着浆洗干净的亚麻布裙子，戴着遮阳帽，静静地坐着，两只脚伸得直直的，脚上穿着一双新鞋。在售票窗口，妈正小心翼翼地从钱包里取出钱来。

坐火车要花钱。以前，他们坐马车从不花一分钱。在这样美丽的清晨，要是能坐上一辆马车，走在全新的路上，那种感觉简直妙极啦。现在是九月，秋高气爽，天空飘着朵朵白云。女孩子们都去上学了，她们都会看见火车呼啸而过，她们也知道罗兰坐着火车要去西部了。火车跑得比马快多了，也因为它跑得实在是太快了，因此常常出事故。坐在火车上，你永远也不知道会发生什么可怕的事。

妈把火车票放进珍珠钱包里，小心地扣好钱包上的纽扣。她穿着那件领口和袖口都镶着白色蕾丝花边的深色裙子，看上去美丽极了。她戴着一顶黑色卷边草帽，窄窄的帽檐微微向上翘起来，帽边还别着一小束白色的铃兰花。妈坐下来，把格蕾丝抱到膝盖上。

她们提前一个小时赶到这儿，生怕错过这班火车。现在，她们只需要等待就可以了。

罗兰把她的衣服抚平。她穿着一件棕色的印花布裙，上面印着一朵朵小红花。两根长辫子垂在脑后，辫尾扎着一个红色缎带蝴蝶结。她的帽子上也系着一圈红色的缎带。

玛丽穿着印有蓝色花朵图案的灰色棉布裙，宽檐草帽上系着蓝色缎带，帽子的下面是用蓝色缎带束在一起的头发。她那双美丽的蓝眼睛什么也看不见了，但她却说："不要动来动去，卡琳，你这样会把裙子弄皱的。"

罗兰听了就伸头去看看卡琳。卡琳又小又瘦，穿着粉红色的棉布裙子，棕色的辫子和帽子上同样系着粉红色缎带。她挨了玛丽的批评，脸颊涨得通红。罗兰对她说："到我这儿来吧，卡琳，你随便怎么动都可以！"

这时玛丽开心地笑着说："妈，罗兰也在乱动呢！我不看也知道！"

"你说的一点儿也没错，玛丽。"妈说道。玛丽会心地笑了。

罗兰为自己刚才还在心里对抗玛丽而感到羞愧。她不再说什么，默默地站起来，一声不响地从妈面前走过去。妈不得不提醒她："要说声'打扰了'，罗兰。"

"打扰了，妈。打扰了，玛丽。"罗兰有礼貌地说道，然后在卡琳旁边坐下来。卡琳坐在玛丽和罗兰中间，觉得安全多了。卡琳非常害怕坐火车，虽然她没说出口，可罗兰心里明白。

"妈，"卡琳胆怯地问，"你肯定爸会来接我们吗？"

"他会来接我们的。"妈说，"他从营地那边驾车赶过来，需要整整一天时间，我们下了火车就在翠西镇等他。"

"那他……他能在天黑之前赶到吗，妈？"卡琳问。妈说但愿如此。

坐火车与坐马车出门可完全不一样，你永远也不知道途中会发生什么事。就在这时，罗兰十分乐观地说道："说不定爸已经找到我们的放领地了。卡琳，我们一起来猜猜看，那里会是什么样子的呢？你先猜，然后我再猜。"

她们没法静下心来好好交谈，因为要留心列车到来的信号。过了好久好久，玛丽说她好像听到火车声了。然后罗兰也听到远处传来轻微的隆隆声，她的心跟着狂跳起来，以致妈说了什么她也没听清楚。

妈一手抱着格蕾丝，另一只手紧紧牵着卡琳。她说："罗兰，你和玛丽紧紧跟在我后面，一定要小心点儿！"

火车终于来了，声音震耳欲聋。她们站在站台上的行李包旁边，看着火车进站。罗兰不知道怎么才能把行李包搬上火车。现在，妈的手已经被占满了，罗兰必须扶着玛丽。火车头上的圆玻璃窗像一只巨大的眼睛，在阳光下闪闪发光。火车的烟囱上开了一个大大的烟囱口，冒出滚滚黑烟。突然，一股白烟从黑烟中喷涌而出，紧接着，火车汽笛发出了长长的鸣叫声。咆哮着的火车朝她们直冲过来，越来越近，把周围的一切震得摇摇欲坠。

令人胆战心惊的一刻终于过去了，火车没有撞着她们，粗大的车轮载着火车轰隆隆地驶过。在一阵阵碰撞声中，火车停了下来。现在，她们得赶紧上去了。

"罗兰！"妈大声说道，"你和玛丽千万要小心！"

"好的，妈，我们会小心的。"罗兰说。她扶着玛丽，紧紧地跟在妈的后面，一步一步地穿过站台。等到妈停下了，她们就停下等待着。

她们走到了火车的最后一节车厢。一个穿着黑色制服、戴着帽子的陌生人扶着怀里抱着格蕾丝的妈登上火车。

"小宝贝！"他一把将卡琳举起来，放在妈的身边，然后他又问道："太太，那些行李是您的吗？"

"是的，谢谢。"妈说，"快上来吧，罗兰，玛丽。"

"他是谁啊，妈？"罗兰扶玛丽上台阶时，卡琳问。她们挤在狭窄的过道里，那个人兴冲冲地拎着行李包从她们身边挤过去，然后用肩膀顶开了车门。

她们跟着他，两旁是两排红色丝绒座位，上面坐满了人。因为车厢两边都是玻璃窗，所以车里的光线差不多和户外一样明亮，明媚的阳光透过窗户洒在乘客身上和红色丝绒座位上。

妈坐在红丝绒座位上，怀里抱着格蕾丝。她让卡琳坐在她身旁，随后说："罗兰，你和玛丽坐在我前面的座位上。"

罗兰扶着玛丽，在座位上坐了下来。红丝绒的座位富有弹性，罗兰真想在上面跳一跳，可是她不能这么做。她小声对玛丽说："玛丽，火车上的座位都是红丝绒的呢。"

"哦，真的啊。玛丽说，一边轻轻抚摸着坐椅，"那我们前面是什么呢？"

"是前排座位的靠背，也是红丝绒的。"罗兰告诉玛丽。

就在这时，火车的汽笛突然鸣叫起来，把罗兰和玛丽都吓了一大跳。火车马上就要开动了，罗兰转过身跪在座位上看着妈。妈神态自若，白色蕾丝领黑裙子和那顶有白色小花的遮阳帽衬得她格外漂亮。

"有事吗，罗兰？"妈问。

"刚才那个人是谁呀？"罗兰问。

"是火车刹车员。"妈说，"快点儿坐下来……"

火车猛地震动了一下，妈一下倒在后靠背上。罗兰的下巴重重地撞在椅背上，帽子也被弄歪了。火车紧接着又动了一下，不过，这次不像上次那么剧烈。随后车身就颤抖起来，外面的站台开始慢慢地向后退了。

"火车开了！"卡琳吓得大叫。

火车颤抖得越来越厉害，发出的声音也越来越响亮，站台飞快地向后退去，车底下的轮子开始飞转。咣当、咣当、咣当……车轮越转越快。木材场、远处的教堂、学校一晃而过，小镇很快就从罗兰的眼前消失了。

整个车厢随着车轮的节奏晃动着，滚滚浓烟飘散到空中。一根电报线在窗外忽上忽下地飘动。其实电报线本身并不是忽高忽低的，只是它悬挂在电线杆子中间，所以看上去像是在上下摇摆。电报线接口处的绿色玻璃球在阳光下闪闪发光，黑色的浓烟飘过时，它们立刻变得暗淡下来。电报线远处，广阔的草地和田园，还有四散的农舍和谷仓，都在迅速地向后退。

窗外的景物飞快地移动，罗兰还没来得及看清楚，它们就消失不见了。火车每小时可以跑上二十英里[①]，换成是马，得跑上整

① 1 英里 =1.609344 公里。

整一天才行。

车厢门这时打开了，一个高个子男人走了进来。他穿着一件系着铜扣的蓝色制服，戴着一顶帽子，帽檐上印着"检票员"三个字。他在每一个座位前停下来，开始检查车票。他的手里拿着一个小机器，每检查一张车票，便在上面打出一个圆孔。妈递给他三张车票。卡琳和格蕾丝还小，不用买票。

检票员继续检查着票，罗兰小声说："玛丽！他的衣服上有好多闪闪发亮的铜纽扣，帽子上还写着'检票员'三个字呢！"

"他的个子一定很高，"玛丽说，"他的声音是从高处传来的。"

罗兰想告诉玛丽窗外的电报线杆后退得有多快。她说："电报线在电线杆之间垂了下来，然后又升了上去。"接着她开始数电线杆："一——二——三……它们跑得简直太快了！"

"我知道它有多快，我可以感觉到！"玛丽高兴地说。

在那个可怕的清晨，当玛丽连眼前的太阳光也看不见的时候，爸就对罗兰说她必须得做玛丽的眼睛。他说："你可以运用你那双敏锐的眼睛和灵巧的嘴巴，帮玛丽看到这个世界，如果你乐意的话。"罗兰答应了爸，从那之后总是尽量帮助玛丽"看"世界。玛丽很少需要主动问她："罗兰，请告诉我你看见了些什么。"

"车厢两侧是窗户，一扇紧挨着一扇。"罗兰说，"每扇窗户就是一大块玻璃，窗子之间的木条就像玻璃一样闪闪发光。"

"嗯，我知道了。"玛丽说着，伸出手指轻轻地触摸着玻璃和光亮的木条。

"灿烂的阳光从南面的窗户斜射进来，照在红丝绒坐椅和乘客身上。还有一些阳光洒落在地板上，光线不停地动着，一会儿向前，一会儿向后。车厢两侧窗户上方的木板从墙上铺起，然后向上蜿蜒，形成拱顶。在天花板正中央，有一块凸起的地方，那上面安着一面长条状的小窗，透过窗户，可以看到蓝天和白云。车厢两侧的大扇窗户外是乡村的景色。留着草茬的麦地呈现一片金黄色，干草垛堆放在谷仓边，房舍掩映在黄色和红色的小树林中。"

"现在，我们来看看这些乘客吧。"罗兰继续小声说，"坐在我们前面的是秃顶的男子，他长着一脸络腮胡子，正在全神贯注地看着报纸，根本就不看外面的风景。再往前一排，坐着两个戴帽子的年轻人，他们拿着一张白色的大地图，正一边看一边议论着什么。我猜他们也是去寻找放领地的。他们的手十分粗糙，布满了老茧，应该是经常干活的人。再往前呢，是一位金发女郎。哦，玛丽！她戴着一顶漂亮的红丝绒帽子，上面还插着一朵粉红色的玫瑰花呢！"

这时候，有人走了过来，罗兰抬起头来打量着，继续说："这个人长得十分清瘦，他的眉毛很浓密，胡须长长的，喉结特别明显。他没法儿直直地走路，因为火车开得太快啦。他非得要在过道里走来走去的，到底要做什么呢。天啊，玛丽！他走向车尾的角落，墙上有一个手柄，他一拧就有水流出来。水灌进了一个小锡杯里。瞧，他正在喝水，他的喉结一动一动的。他又把杯子灌满了。他只拧了一下把手，水就出来了。你猜接下来发生了什么呢，玛丽？他把杯子放回一个小架子上，然后就回去了。"

等那个男人走过去后，罗兰也决定去尝试一下。她问妈需不需要喝水，妈说可以。于是，她就站了起来。

她在过道上同样不能笔直地往前走。火车开得太快了，罗兰走起路来摇摇晃晃的，她只好紧紧地抓住两边座椅的靠背，艰难地走到了车尾。她看到了闪闪发亮的手柄和水龙头，还有下面用来放杯子的小架子。她把手柄轻轻一拧，一股水就流出来了。她再把手柄往回一拧，水流就停了。杯子底下的托架上有一个小孔，从杯子里溢出来的水可以顺着这个小孔排出去。罗兰从来没看见如此奇妙的东西。这个东西小巧精致，太神奇了，罗兰真想用杯子多接几次水，但这样做会很浪费，因此，她接了满满一杯，美美地喝下去，然后又接了大半杯，小心翼翼地端给妈。

卡琳和格蕾丝都喝了水，不过妈和玛丽不渴，于是罗兰把杯子放回了原处。火车呼啸着往前驶去，窗外的景物一闪而过。车厢仍然摇摇晃晃，不过，这一次罗兰已经用不着扶着靠背走了，她可以走得和检票员一样稳当。恐怕谁都不会相信，这是罗兰第一次坐火车呢。

这时候有一个男孩挎着篮子沿着过道走过来。他在乘客面前停下来，向他们展示篮子里的东西。有些乘客从篮子里拿了一些东西，并付了钱。当他走到罗兰身旁时，罗兰看见篮子里装着一盒盒糖果和一块块白色的口香糖。男孩把篮子端到妈面前，说："太太，这是甜甜的新鲜糖果，还有口香糖，你要吗？"

妈摇了摇头，那个男孩打开一只盒子，里面装着五颜六色的糖果。卡琳情不自禁地发出了一声惊叹。

男孩轻轻地摇了摇盒子，里面的糖果就微微地动了一下，不过并没有掉出来。这些漂亮的圣诞节糖果，有红色的、黄色的、还有红白条纹相间的。男孩说："只卖十美分，太太，总共才一角钱。"

罗兰和卡琳都知道，她们不能买糖果，只能看一看。可是妈竟然打开钱包，数出一个五分和五个一分硬币，递到男孩手上。然后妈拿过那只糖果盒子，递给了卡琳。

男孩走后，妈请大家原谅她花了这么多钱，"不管怎么说，我们第一次坐火车，总需要庆贺一下啊。"

格蕾丝睡着了。妈说，小孩子不能吃糖果。她自己只拿了一小块。然后卡琳跟着罗兰、玛丽回到座位上，开始分剩下的糖果。每人都分到了两块，她们都打算只吃一块，剩下一块明天吃。罗兰吃完第一块糖果，还没过上一会儿，就忍不住想吃第二块了。紧接着，卡琳忍不住了，最后玛丽也拿出来吃了。她们都把糖放在嘴里一下一下舔着，直到甜甜的味道慢慢地消失在舌尖上。

火车拉响汽笛的时候，她们还意犹未尽地舔着手指头。渐渐地，火车的速度慢了下来，窗外的一间间棚屋慢慢地往后退去。所有的乘客都开始收拾行李，戴上帽子。紧接着是一阵哐当哐当的剧

烈晃动，火车停了下来。中午，她们到达了翠西镇。

"孩子们，但愿那些糖果没有影响你们吃午饭的胃口。"妈说。

"我们没带午餐呀，妈。"卡琳提醒妈说。

"我们去旅馆吃。走吧，罗兰，你和玛丽要当心一点儿。"妈有点儿犹豫地说。

第四章
铁路的尽头

在这个陌生的车站，她们没看见爸的身影。那个刹车员帮她们把行李放在站台上，然后说："太太，如果您愿意等一等的话，我带你们去旅馆，我正好也要去那儿。"

"谢谢您！"妈说。

刹车员帮着别人把火车头卸下来。火车司机的脸被熏得通红，衣服上布满了油渍和煤灰。他从火车头里探出头来，看了看外面，然后，拉了一下汽笛绳，火车头就喷着汽向前开走了，不过只往前开了一会儿便停了下来。随后发生的一幕简直令罗兰难以想象：火车头下面的铁轨用枕木连接在一起，在前面向右拐了个弯，在地上转了一圈，又回到原处与原来的轨道连接在一起。这样，火车头就掉转过来，朝着和刚才相反的方向了。

罗兰大吃一惊，不知道该怎么向玛丽讲述刚才发生的这一切。火车头冒着烟，爬到了火车旁的另一条铁轨上。车铃响了起来，有人大声嚷着，使劲挥舞着手臂，只见火车头往后退回来，砰地一声撞到了列车的尾端，所有的车厢一节接一节相互碰撞开来。现在，列车车厢和火车头都向着她们来时的方向了。

卡琳惊奇地注视着这一切，嘴巴张得大大的。刹车员冲着她和善地笑了笑。"这是转车台。"他告诉卡琳，"因为这里是铁路的尽头，我们得把火车头掉转过来，这样它才能拉着火车往回跑。"

原来是这样，但是罗兰以前没想到这一点。她现在终于明白爸说他们生活在一个美好的时代这句话的含义了。爸还说过，这个时代出现了各种奇迹，这在历史上前所未有。短短的一个早晨，她们就走完了马车要走一个星期的路程。罗兰还看见了火车头掉头的情景，只要花上一个下午，火车就能回到出发地。

有那么一刹那，罗兰心想要是爸是铁路工人那该有多好啊。再也没什么比铁路更神奇的了。铁路工人真是太了不起了，他们能开动火车头，让列车一路飞驰。当然啦，并不是所有的铁路工人都比爸更优秀，她爱爸，不管他是做什么的。

在火车站的另一条铁轨上，还停着一列长长的货车。工人们正忙着把货物搬到马车上。突然，他们全都停下手中的活，纷纷跳下马车。有些人大声高喊，其中一个高个子的小伙子唱起了妈最喜欢的一首赞美诗。不过，他把那首赞美诗的词改了。他是这么唱的：

就在这附近呀，

有个小旅馆，

一日三餐啊，

顿顿都是火腿煎鸡蛋。

哦！听到用餐的铃声响叮当，

寄宿的人们都唱起来，

哦！火腿煎鸡蛋，

那味道实在太美妙！

他唱着这首奇怪的歌，其他一些人也跟着唱起来。他们看见妈从旁边经过就停住了。妈牵着卡琳，抱着格蕾丝，安静地走着路。那个刹车手觉得有些尴尬，赶紧说："太太，我们最好走快一点儿，午餐的铃声响了。"

那家旅馆在一条小街上。她们经过几家商店和一块空地，就到了旅馆门前。人行道上有一块招牌，上面写着"旅馆"两个字，招牌下面站着一个男人，手里正摇着一只摇铃，铃声响个不停。工人们朝着这边拥过来，他们的皮靴踏在尘土飞扬的街道上，然后他们又走上铺着木板的人行道，发出巨大的声响。

"哦，罗兰，这家旅馆有歌里唱的那么好吗？"玛丽惊恐地问道。

"不太一样，"罗兰说，"看上去还挺好的。这只是一个小镇上的普通旅馆，而且走过来的都是男人，难免声音会大一些。"

"可是听上去真的好乱啊！"玛丽说。

"现在我们到旅馆门前了。"罗兰说。

刹车手带着她们走了进去，把行李包放在地上。这儿的地板需要打扫一下了。旅馆的墙上贴着棕色的壁纸，还挂着一张挂历，上面画着一位美丽的女孩站在黄澄澄的麦田里。男人们一窝蜂似的穿过一道大门，拥进一个大房间，那里摆着一张长桌，上面铺着白色餐布，餐具已经摆好了。

那个摇铃的人走过来，对妈说："太太，我们已经给你们准备好了座位。"他把行李包放在柜台后面说："也许您愿意先梳洗一下？"

在一个小隔间里，有一个洗脸台。上面放着一只大陶瓷盆，盆里放着一个大陶瓷水壶，墙上挂着卷筒毛巾。妈取出手帕，用水浸湿了，擦了擦格蕾丝的脸和手，然后她自己也洗了一下。接着，她把脸盆里的水倒进一旁的水桶里，再往脸盆里倒上干净的水，让玛丽和罗兰洗了洗脸和手。坐了一趟火车，脸上布满了灰尘和煤烟熏过的痕迹，现在用清水洗一洗，一下感觉清爽了许多，脸盆里的水也变黑了。每个人都得节省点儿用水，大水壶里的水快用光了。罗兰洗完脸后，妈就把水壶放回瓷盆里。她们都用卷筒毛巾擦了擦脸和手。卷筒毛巾用起来十分方便，两头缝在一起，可以随着滚筒转动，这样每个人使用时都可以找到一块干地方。

该去餐厅就餐了。罗兰有点儿害怕，她知道妈也有些紧张，面对那么多陌生人实在是让人有些难为情。

"你们看上去都很干净、漂亮，"妈说，"记住餐桌上的礼仪。"妈抱着格蕾丝走了出去，卡琳跟在她身后，罗兰扶着玛丽走在后面。她们走进餐厅时，原来吵吵嚷嚷的餐厅一下就鸦雀无声，但是几乎没人抬起头来打量她们。妈好不容易才找到空位子，然后她们在长桌边坐成了一排。

长桌上铺着白色的桌布，桌上摆放着像蜂巢一样的纱罩。每个纱罩下面都摆着很多盘肉、蔬菜、面包、黄油，还有很多罐蜜糖、奶油和用碗装着的糖。每个人面前的小盘子里都装着一大块馅饼。苍蝇在纱罩上没头没脑地飞来飞去，但怎么也碰不到里面的食物。

人们都客气地把食物传过来。装满了食物的盘子不停地从长桌一边传到另一边。当盘子传到妈的手里时，妈总会客气地道谢，其他人便轻声回答："别客气，太太。"一个女孩还给妈送来一杯咖啡。

罗兰帮玛丽把盘子里的肉切成小块，然后在面包上抹上黄油。玛丽双手灵活地使用着刀叉，食物一点儿也没弄到盘子外。

只可惜她们都太兴奋了，没胃口吃下这些美味佳肴。这顿午餐要花上二角五分钱，她们可以随便吃。各种各样的食物准备得非常丰富，可她们只吃下了一点儿。只有几分钟的时间，那些男人就把面前的馅饼吃完了，然后离开了餐桌。为妈端咖啡的那个女孩开始收拾餐盘，放进厨房里去。她脸庞有点儿大，头发黄黄的，个子高高的，脾气特别好。

"我估计你们是去申请放领地的吧？"那个女孩问妈。

"是的。"妈回答说。

"您先生在铁路上工作吗？"

"是的。"妈说，"他今天下午会到这儿接我们。"

"那我猜对啦。"女孩说，"不过，有趣的是你们竟在这个时候出来，大多数人都是春天到这儿来的。您的大女儿眼睛看不见，是吗？真叫人难过。对了，办公室那边就是会客厅，要是你们愿意的话，可以去那儿坐坐，等您先生来接你们。"

会客厅的地板上铺着地毯，墙上贴着绘有花朵图案的墙纸，椅子上还垫着深红色丝绒垫子。妈坐在摇椅上，长长地舒了一口气。

"格蕾丝可真够重的。快坐下来吧，孩子们，要安静一点儿。"

卡琳爬到妈旁边的一张大椅子上，玛丽和罗兰坐在沙发上。她们都静悄悄地坐着，好让格蕾丝睡个午觉。

会客厅中央的桌上摆着一盏黄铜底座的台灯。茶几的桌腿有着优美的弧线，最下面装着玻璃球。镶有蕾丝花边的窗帘向两边拉开着，透过窗户，罗兰可以看到外面的草原和在草原上蜿蜒的小路。也许爸会从那条路上向她们走来。如果是这样的话，她们也会从那条道路离开这儿。在这条道路的尽头，在罗兰看不见的某个地方，他们一家人将安顿下来，开始新的生活。

罗兰其实不愿意在任何一个地方停下，不管路在何方，身在何处，她只想一直走到尽头。

　　她们安安静静地坐在客厅里等了整整一下午。在这期间，格蕾丝一直在睡觉，卡琳也睡了一会儿，连妈也打起瞌睡来。太阳快下山的时候，一辆小小的马车朝这边驶过来，车身的轮廓越来越清晰。格蕾丝醒了，大家都凑到窗户边往外看。当马车看上去和往常差不多大小时，她们才看清那正是爸的马车，爸就坐在马车上。

　　因为她们住在旅馆里，所以不能跑出去迎接爸。不过，爸很快走进来，笑容满面地招呼她们："你们好啊，我的姑娘们！"

第五章
铁路营区

第二天清晨，一家人坐着马车向西部驶去。格蕾丝坐在爸妈中间的弹簧座位上，卡琳和罗兰坐在车厢里的一块横放的木板上，玛丽坐在她俩的中间。

虽然乘坐火车又舒适又快捷，可是罗兰更喜欢坐马车。这趟行程只需花一天的时间，所以爸没把车篷撑起来。她们一抬头就能看见蓝天白云，周围是无边无际的大草原，草原上散落着一间间农舍。马车缓缓向前行驶，她们可以悠闲地欣赏周围的一切，还可以无拘无束地聊天。

这时候，四周一片静谧，只听得到咔嗒咔嗒的马蹄声和马车发出的嘎吱声。

爸说海依姑父已经完成了他的第一个工程，正准备搬到更西边的营地去。他说："工人们都快走光了，现在，除了杜西亚姑姑一家外，就只有一些赶马的人留在那儿。过两天，他们将拆掉最后一批棚屋，然后把木材运走。"

"我们也要去那边吗？"妈问。

"对，再等一两天就准备动身。"爸还没有申请到放领地，他打算到更西边的地方去申请。

一路上，罗兰没发现什么有趣的事情可以讲给玛丽听。马沿着从草原中穿过的那条小路向前行驶，路两旁堆积着一些修建铁路时翻出来的泥土。小路北边的土地、房屋和之前家里的一样，只不过它们显得更新更小。

清晨刚刚出发时的那种兴奋劲渐渐消失。她们坐在木板上，一路忍受着马车的颠簸与摇晃，而太阳似乎从来也没像今天这样慢过。卡琳叹了一口气，瘦削的小脸变得煞白。罗兰眼睁睁地看着，束手无策。木板的两端颠簸得要厉害一些，但她和卡琳必须守着坐在木板中间的玛丽。

太阳终于爬上头顶，爸在一条小溪边停了下来。一切安静下来，心情一下也舒畅了许多。小溪在呢喃细语，马在马车后面美美地吃着饲料槽里的燕麦，妈在温暖的草地上铺上一块布，打开午餐盒。午餐盒里装着面包、黄油、煮鸡蛋，一个纸袋里还装着胡椒和盐，可以用来蘸鸡蛋吃。

中午一会儿就过去了。爸牵着马到溪边饮水，妈和罗兰把蛋壳和废纸捡起来，让地面保持干净。然后，爸把马重新套上马车，大声喊道："上车啦！"

罗兰和卡琳真希望在车下走一走，但是她们都没说出口。因为她们知道，玛丽走得不快，肯定跟不上马车，她们又不能把玛丽一个人扔在车上不管。于是，她们只好扶着玛丽爬上马车，然后紧挨着她坐在木板上。

下午比上午显得更加漫长，更加单调乏味。罗兰说："我还以为我们在朝西部走呢。"

"我们是在朝西部走啊，罗兰。"爸惊讶地回答。

"我以为西部会有不一样的地方呢。"罗兰解释说。

"等我们到了有人居住的地方，你就会发现不一样的地方啦。"爸说。

卡琳忍不住又叹了一口气，说："好累啊。"不过说完这话，她像意识到什么似的，马上又坐直了身子，说："其实，也没多累。"卡琳并不是有意要抱怨。

一点儿颠簸根本算不了什么。她们以前从梅溪坐马车到镇上，要坐两英里半的路程，她们根本就没把这当回事儿。但是从清晨太阳升起来就坐上马车，一直坐到中午，然后又从中午坐到太阳下山，真是叫人疲惫不堪。

天色暗了下来，马车还在向前走着。车轮继续转动，硬木板也跟着震动。夜空中出现了一颗颗星星，寒冷的风呼呼地刮过来。要不是木板一直震个不停，她们恐怕早就睡着了。大家都沉默无语。过了好长一段时间，爸终于开口说道："看，那间棚屋里亮着灯呢！"

在前方，依稀可见前方黑漆漆的大地上出现了一点儿光，那光亮比星星还要微弱。不过，星光看上去冷冰冰的，那一点儿光亮却是温暖的。

"那儿有一点儿黄色的灯光，玛丽。"罗兰说，"它在远方的黑暗中一闪一闪，好像是在鼓舞我们继续前进，很快就看到房子和人了。"

"还有晚餐呢，"玛丽说，"杜西亚姑姑一定给我们准备了热气腾腾的晚餐。"

渐渐地，闪烁的灯光越来越明亮了。光线不再摇曳，发出一圈圆形的光晕。又过了好长一段时间，灯光变成了四面被框起来的方形。

"现在我可以看出那是扇窗户。"罗兰告诉玛丽，"那是一间很

长的矮房子，旁边还有两个类似的屋子，我现在只能看见这些了。"

"营区里现在也只有这些。"爸说。他冲着马吆喝道："停！"

马乖乖地停下来，没再多迈出一步。马车的颠簸和摇晃终于停止了。周围静悄悄的，透着几分冷清。突然，门廊的灯一下亮了，杜西亚姑姑的声音传出来："进来呀，卡洛琳，还有姑娘们！把马拴好，查尔斯，晚餐早就准备好了！"

罗兰的身体都快被冻僵了，玛丽和卡琳也冻得直哆嗦。她们打着哈欠，跟跟跄跄走了进去。长长的屋子里，煤油灯光照在长桌、长凳和粗糙的木板墙上。屋里十分暖和，炉子上热着的晚餐散发出诱人的香味。杜西亚姑姑说："好啦，琳娜、约翰，你们不向表姐妹们问好吗？"

"你们好！"琳娜说。罗兰、玛丽和卡琳也齐声问候道："你们好。"

约翰是个小男孩，才十一岁，琳娜比罗兰大一岁。她的眼睛炯炯有神，一头乌黑的头发自然卷曲着，一绺短短的鬓发垂在额前，头顶上的头发是卷卷的大波浪，辫尾垂着卷曲的发丝。罗兰很喜欢她。

"你喜欢骑马吗？"她问罗兰，"我们有两匹小黑马。我们可以骑着它们去玩，我还可以驾着它们去拉车呢。不过约翰还不行，他太小了，爸不让他驾车，但是我可以。明天我会去送要洗的衣服，如果你愿意就和我一块儿去吧。"

"嗯！"罗兰不假思索地回答道，"如果妈同意我去的话。"她实在是太疲倦了，所以没详细问她怎么赶着马车去送衣服。她困得差点儿在吃晚餐的时候就睡着了。

海依姑父胖胖的，性情温和，待人十分友好。杜西亚姑姑说话特别快。海依姑父一直想让她冷静一点儿，可是他每次打断她之后，她都会说得更快。海依姑父整个夏季都在工作，结果却一无所获。

"他整个夏天就像一台机器，没日没夜地干活儿！"杜西亚姑姑抱怨道，"他甚至把我们家的马车都拉到工地上去干活，我们两个处处省吃俭用，一直忙到工程结束。现在活儿是干完了，公司竟然说我们夏天的苦活儿白干了，还欠他们的钱！真是岂有此理！最让人气不过的是他们还让我们去承包另一项工程，而海依居然答应了！瞧瞧他干的好事！他居然答应了！"

海依姑父再次试图让杜西亚姑姑冷静下来，而罗兰则尽力让自己不要睡着。屋里的每一张脸都在她的眼前摇晃，说话声似乎越飘越远。她的脑袋一个劲地往下耷拉，猛然醒了一下，接着又是这种状态。晚餐后，罗兰摇摇晃晃着想站起来帮忙洗碗，却被杜西亚姑姑拦住了，她让罗兰和琳娜一块儿去睡觉。

杜西亚姑姑的床住不下罗兰、琳娜和约翰。约翰得去工棚里和工人一起睡。琳娜招呼罗兰说："来，罗兰！我们到办公的帐篷里去睡！"

屋外一片空旷，光线昏暗，寒风凛冽。巨大的天幕下，工棚显得又黑又矮，小小的办公帐篷在星光下看上去阴森森的，似乎距离亮着灯光的小屋十分遥远。

帐篷里空荡荡的，脚下一片杂草丛生，帆布搭成锥形的篷顶。罗兰觉得很失落，她宁愿睡在马车上，也不愿意躺在地上，而且还是一块陌生的土地，她多么希望有爸妈陪伴在身边啊。

不过，琳娜却觉得睡在帐篷里太有趣了，她顺势倒在铺在地上的毛毯上。罗兰迷迷糊糊地问："我们不用脱衣服吗？"

"干吗要脱衣服呢？"琳娜说，"脱了明早还要穿。再说，我们也没有被子盖。"

　　罗兰倒头就睡着了。突然间，她从睡梦中惊醒了。无边的夜色中传来狂野、尖锐的号叫声。

　　这声音听上去既不像印第安人的叫声，也不像狼的叫声。罗兰弄不明白那到底是什么，她吓得心脏都要停了。

　　"哎呀！你吓不倒我们的！"琳娜冲着外面喊道。她告诉罗兰说："是约翰，他想吓唬我们。"

　　约翰又怪叫起来，琳娜吼道："滚开，小鬼！我可不是在森林里被猫头鹰吓大的！"

　　"哈哈！"约翰大笑两声。罗兰很快又进入了梦乡。

第六章
策马奔腾

阳光透过帆布照在罗兰的脸上,她一下醒了过来,睁开了眼睛,琳娜也睁开了眼睛,她们彼此相视一笑。

"快起来啦,我们去送衣服!"琳娜叫着跳了起来。

她们昨夜没脱衣服,所以现在也就省事了。叠好毯子,卧室就算收拾好了。她们一路蹦蹦跳跳,跑进微风吹拂的辽阔的草原中。

小屋在阳光下显得十分矮小。铁路路基和小路向东西方向延伸。罗兰向北边望去,小草轻轻地起伏摇摆,灰色的绒毛种子被随风吹走。有人正忙着拆一间棚屋,拆下的木板发出吱嘎吱嘎的声音。两匹黑马用绳子拴在木桩上,正津津有味地吃着草,黑色的鬃毛和尾巴随风飘扬。

"我们先去吃早饭。"琳娜说,"来,罗兰!快点儿!"

大家都已经坐在餐桌旁,杜西亚姑姑正在煎薄饼。

"先去洗脸梳头,你们这两个赖床的姑娘。早餐已经准备好啦,你们可没起床帮我的忙哟!"杜西亚姑姑一边说着一边笑,还轻轻地拍了一下琳娜的屁股。这天早晨,杜西亚姑姑心情很好,就跟海依姑父一样容易相处了。

他们愉快地吃早餐，爸的笑声就像洪钟一般响亮。吃完早餐，餐桌上堆了一大摞盘子碟子，真是吓人！

琳娜说，比起她要做的家务事，这堆盘子碟子根本就不算什么。她每天要帮忙为四十六个工人准备一日三餐，还得洗盘子碟子。天还没亮，她和杜西亚姑姑就开始忙碌，一直忙到天黑仍然有干不完的活儿，所以杜西亚姑姑索性把洗衣服这活儿包给别人做。有个放领地农夫的妻子住在离这里三英里远的地方，所以琳娜要来回跑上六英里才能取回衣物。

罗兰帮着琳娜把马具搬到马车旁边，然后把两匹温驯的小马从马桩那边牵过来，把马具套在它们身上。她们上了马车，琳娜握住缰绳。爸从来不让罗兰赶马车。他说罗兰的力气不够大，要是马跑起来，她根本就没法驾驭。

琳娜刚抓住缰绳，那两匹黑色的小马便轻快地奔跑起来。车轮飞快地转动着，清新的风迎面扑来。小鸟拍动着翅膀，从高空中俯冲下来，轻轻地掠过草丛，然后又飞向天空。小马跑得越来越快，车轮也转得越来越快。罗兰和琳娜高兴地笑着。

小马飞快向前跑，它们相互碰了碰鼻子，发出一声嘶叫，接着便狂奔起来。

罗兰几乎要被甩出去了，她的遮阳帽也被掀开了，幸好系着帽绳，帽子挂在了脖子的后面，随着风飘着。她牢牢抓住座位的边缘。小马依然奋力向前奔跑。

"它们跑得太快啦！"罗兰着急地喊道。

"让它们跑好啦！"琳娜一边喊一边用缰绳拍打小马。"它们只会撞着野草，其他什么也撞不着！嗨！驾！驾！驾！耶——耶！"她大声吆喝着。

小马长长的黑鬃毛和尾巴在风中高高飞扬起来，马蹄子踏在地上格外欢快，马车奔驰在广阔的草原上。眼前的东西来不及看清楚，便一闪而过。琳娜忍不住放声歌唱：

> 我认识一个年轻小伙子，
> 当心！哦，当心！
> 他一定会对我大献殷勤！
> 当心！哦，当心！

罗兰从来没听到过这首歌，但是她很快就学会了，高声唱了起来。

> 当心，亲爱的姑娘，他在骗你！
> 当心！哦，当心！
> 千万别把他的甜言蜜语当真！
> 当心！哦，当心！

"耶！驾！驾！驾！耶——耶！"她俩齐声吆喝着。小马拉着她们，撒开四蹄，一路飞奔。琳娜接着唱道：

> 我不愿意嫁给农夫，
> 因为他总是和泥巴打交道，
> 我想要嫁给铁路工人，
> 他爱穿条纹衬衫！
> 哦，铁路工人，铁路工人，
> 潇洒的铁路工人，
> 我要嫁给铁路工人，

我要做铁路工人的新娘！

"我想让它们歇一歇。"琳娜说。她轻轻地勒住缰绳，让小马慢跑起来。小马放缓脚步，不紧不慢地走着，周围的一切顿时安静下来。

"要是我能驾马该多好啊！"罗兰说，"我一直想试一试，可爸不允许。"

"你来赶一段吧！"琳娜说。

就在这时，两匹小马又碰了碰鼻子，嘶叫着，开始奔跑起来。

"回来的路上就让你来驾车！"琳娜许诺道。她们一路上唱着叫着，在草原上疾驰而过。走上一会儿，琳娜就让马停下来歇歇，小马稍事休息后又会飞奔起来。没过多久，她们就到了移民的棚屋前。

那间屋子十分矮小，上上下下钉着木板，屋顶已经向一边倾斜了，所以小屋看上去像是只有半间。屋子还没有屋后的那个麦堆大呢。有几个男人正在用打麦子的机器来脱麦粒，机器发出了巨大的噪音。农夫的妻子从小屋走出来，来到马车旁，搬下一篮子脏衣服。她的脸、手臂和光着的脚又黑又粗糙。她披着一头乱发，破旧褪色的裙子上沾满了污迹。

"请原谅我这个样子。"她说，"我女儿昨天结婚了，今天早上那些打麦子的又赶来了，还有这一堆衣服要洗。太阳还没出来，我就开始忙，到现在这堆活儿一样也不见少，我的女儿再也不能帮我干活儿了。"

"你是说丽兹已经结婚了？"琳娜问道。

"是呀，丽兹昨天出嫁了。"丽兹的母亲十分骄傲地说，"她爸说丽兹十三岁就结婚太小了，不过她嫁了一个好男人。要我说呢，还是早点儿结婚的好，我自己也是年纪轻轻就结了婚。"

琳娜和罗兰惊得面面相觑。在回家的路上，她们默默无言，各自想着心事。过了好一阵子，她们突然不约而同地说起话来。

"她就只比我大一点点啊。"罗兰说。琳娜接着说："我还比她大一岁呢。"

她俩又彼此打量着对方，眼神里都充满了惊恐。琳娜潇洒地甩甩黑头发，说："她真傻啊！她再也不能像以前那样无忧无虑了。"

罗兰说："她也不能再玩了。"

就连小马的脚步也变得沉重起来。过了一会儿，琳娜说，她觉得丽兹结婚后也许不用像以前那么辛苦了。"不管怎么说，她现在是在自己家里替自己干活，她还会有自己的孩子。"

"嗯。"罗兰说，"我也想有自己的房子，有自己的宝宝，而且

我也不在乎干活儿，可我不想操这么多心。我还是希望妈能再照顾我们一段时间。"

"还有，我也不想安定下来。"琳娜说，"我根本不打算结婚。要是真要结婚的话，就要嫁给铁路工人，永远都向西部走。"

"我现在可以驾车了吗？"罗兰问。她想把这些长大后的烦恼抛到脑后。

琳娜把缰绳交给罗兰。"你只要抓住缰绳就行了。"琳娜说，"小马知道回去的路。"这时，两匹马又蹭了蹭鼻子，嘶鸣了一声。

"拉住它们，罗兰！"琳娜尖叫。

罗兰把脚蹬在踏板上，使出浑身的劲儿拉住缰绳。她可以感觉到小马并没有恶意，它们只是想随着风一起奔跑。罗兰拉着缰绳，大声吆喝道："驾！驾！驾！"

她已经忘了那一篮子洗干净的衣服，琳娜也忘了。一路上，她们又说又唱又笑，小马时而飞奔，时而小跑，时而又飞奔。等到她们回到小屋，卸下马具，将小马拴到木桩上，这才发现有好几件衣服已掉到马车座位下面去啦。

她们觉得有些过意不去，赶快把衣服捡起来重新抚平，然后搬着那篮衣服进了屋子。杜西亚姑姑和妈正忙着准备午餐。

"看你们一本正经的样子，"杜西亚姑姑说，"你们干了什么坏事啊？"

"没有啊，我们只是驾车出去了一趟，把洗好的衣服取回来了。"琳娜说。

那天下午比上午还要令人振奋。她们把碗盘洗完，就又跑出去骑马了。约翰已经骑着一匹小马跑起来了，他稳稳地坐在马背上，在草原上奔驰。

"实在是不公平！"琳娜嚷道。另外一匹小马还被拴在木桩上，已经等得焦急了。琳娜抓住它的鬃毛，纵身一跃，小马立刻就跑了出去。

罗兰站在那儿，看着琳娜和约翰绕圈赛马，就像印第安人一样大吼大叫。他们紧贴在马背上，双手紧紧抓住飞扬的黑色马鬃，晒得黑黑的双腿紧紧地夹住马肚子，发丝在风中飞扬。小马自由自在地跑着，就像天空中展翅飞翔的小鸟，在草原上追逐嬉戏。罗兰一直看着他们，怎么看都不厌倦。

过了好一会儿，小马朝这边飞奔而来，停在了罗兰的身旁，琳娜和约翰从马背上滑了下来。

"来呀，罗兰，"琳娜大方地说，"你可以骑约翰的小马。"

"谁说她可以骑？"约翰生气地问道，"你让她骑你的那匹啊。"

"你最好听话点儿，不然，我就去告你昨晚扮鬼来吓唬我们的事。"琳娜说。

罗兰抓住马鬃。可是这匹小马比她高大得多，长得十分强壮。罗兰有些担心地说："我不知会不会骑呢。我可从来没骑过啊。"

"不用担心，我扶你上去。"琳娜说。她一手抓住小马额头上的鬃毛，弯下身来伸出另一只手，让罗兰踩着上去。

约翰的小马似乎每分钟都在变大。它长得那么强壮，好像随时都能把罗兰踩扁。因为马背很高，要是一不小心摔下来，非把骨头摔断不可。罗兰尽管有些害怕，但还是忍不住想试试。

她踩在琳娜的手上，琳娜用力一托，罗兰就趴在了小马那温暖而光滑的背上。她把一条腿跨过马背，小马一下就跑了出去。顿时罗兰眼前的一切开始快速移动，她隐隐约约听到琳娜在说："记住一定要抓住鬃毛。"

她紧紧抓住小马的鬃毛，用膝盖夹住小马的身体，但是实在是颠得太厉害了。罗兰觉得头有些晕乎乎的，也不敢向地面上看，因为马背实在太高了。她感觉她的身子在不断往下沉，可还没等她掉在地上，就又被颠到了另一边。罗兰的牙齿颠得咯咯作响。她听到琳娜在很远的地方喊："抓紧啊，罗兰！"

接着一切变得平稳起来。这种平缓的节奏通过小马的身体传到罗兰身上，她们在徐徐微风中平缓地奔跑着。罗兰睁开紧闭的双眼，看见身下的草地一晃而过，小马的鬃毛随风起舞，自己的双手紧紧抓着马鬃。虽然马跑得特别快，但她们和谐得像一首悠扬的曲子，所以根本不会出现什么意外。

琳娜的小马追了上来，罗兰想问问怎样才能安全地停下来，可是她没法说话。她看见小屋就在前方，知道马跑回了营地。紧接着，那种剧烈的颠簸又开始了，过了一会儿又停了，她发现自己竟然还骑在小马的背上。

"我跟你说过这挺有趣的吧？"琳娜问道。

"怎么颠得这么厉害啊？"罗兰说。

"马小跑的时候就会颠簸。你应该让它飞跑起来，像我那样大声吆喝。来吧，这次让我们跑远一点儿，怎么样？"

"好。"罗兰说。

"好的，抓紧时间哟。现在，开始吆喝！"

那真是一个妙不可言的下午。罗兰两次从马上摔下来，有一次小马的头撞到她的鼻子，鼻子流血了，她仍然把马鬃抓得紧紧的。她扎得好好的辫子也松了，喉咙因为兴奋地大喊大叫已经嘶哑了。还有一次是她想在小马奔跑的时候跳上马背，结果她的腿却被锋利的野草划出了道道伤痕。眼看她就跳上去了，却没能如愿，这反而惹怒了小马。琳娜和约翰总是让小马先跑起来，然后再一跃而上。他们俩你追我赶，比赛谁先攀上马背，谁先到达终点。

他们玩得忘乎所以，连杜西亚姑姑喊他们回去吃晚饭也没听见。爸只好走出来大声喊道："吃晚饭啦！"他们走进屋子的时候，妈非常惊讶地看着罗兰，说："杜西亚，我真不知道罗兰从什么时候开始变得像一个野蛮的印第安人了。"

"她跟琳娜简直就是天生的一对。"杜西亚姑姑说，"好啦，自从我们搬到这儿来，琳娜还从没玩得像今天下午这样痛快呢，夏天结束前，她也不能再这样玩了。"

第七章
去 西 部

第二天一大早，全家人又坐上了马车。因为马车里的东西没搬下来，所以稍加收拾他们就出发了。

整个营区里，只剩下杜西亚姑姑的小屋孤零零地矗立在那儿。草地上光秃秃的，测量人员正在丈量土地，为筹建中的新城镇打桩。

"等海依那边的工程安排好了，我们马上过去。"杜西亚姑姑说。

"我们银湖见！"琳娜大声对罗兰说。爸冲着马吆喝了一声，马车开始走起来。

明媚的阳光照在没有拉上篷顶的马车上，凉风阵阵。田野里随处可见劳作的人，时不时有一队人马从他们身边经过。

不久，道路向一块起伏的坡地斜伸下去。爸说："前面就是大苏河。"

罗兰开始给玛丽讲述她看到的情景："顺着这条路往下走，就是低矮的河岸，周围没有树木，只有广阔的天空和草地，还有一条浅浅的小溪流过。也许它以前是一条大河，不过，现在河水干了，变得就和梅溪差不多了。涓涓细流穿过一个又一个水塘，流过满是沙粒的地面，流过干裂的泥土地。现在，马要停下来喝水了。"

"使劲儿喝吧，想喝多少就喝多少。"爸对妈说，"前面三十英里之内都喝不上水了！"

在这条浅浅的小河的另一边，草地变得越发低矮了，道路也像波浪一样起伏。

"这条路一直向着草地延伸，大概这就是路的尽头。"罗兰说。

"不会啊，"玛丽说，"这条路应该一直通往银湖才对。"

"我知道。"罗兰回答。

"好啦，我觉得你不该那样描述。"玛丽温和地说，"我们得把自己想要表达的意思说明白。"

"我说的就是我想要表达的啊！"罗兰说。观察事物有多种方法，同样，描述事物也可以通过多种方式啊，但是她没法对玛丽解释。

过了大苏河，就看不到田地、房屋，也不见人的踪影了。道路中断了，铁路的路基也不见了，只有一条模糊不清的车轮印继续向前延伸。罗兰看见很多个小木桩淹没在草丛中。爸说那是测量人员打下的木桩，用来标记还没有开工修建的铁路路基。

罗兰告诉玛丽："这片草原就像一片一眼望不到边的大牧场，它向四面八方延伸开去，一直延伸到世界的边缘。"

天空万里无云，微风吹过，草浪翻滚，这让罗兰觉得有些奇怪。不过，究竟是一种什么感受，她也说不清楚。她只是觉得坐在马车里的所有人、马车和马，甚至是爸，都变得非常渺小。

整个上午，爸一直驾着马车沿着模糊不清的车辙行进，沿途的景色单调乏味。越往西部挺进，他们似乎就变得越渺小，而且好像永远也走不到尽头。风呼呼地吹着，掀起无边无际的草浪。马蹄声和车轮声一直不变，木板坐垫总是嘎吱嘎吱响，不停地颠簸。罗兰心想，他们也许会永远这样走下去，而这个地方，却根本不知道他们的存在。

只有太阳在移动。它缓缓爬上天空。当太阳升上头顶，他们停了下来，给马喂食，在草地上吃饭、休息。

连续坐了一上午的车，现在坐下来歇一歇真是舒服极了。罗兰回想起他们过去从威斯康星州到印第安保留区，又回到明尼苏达州的旅途中，不知有多少次露天就餐的情景。现在他们是在达科他州，要向更西边的地方前进。不过这次的旅程和以前不一样，不仅仅在于篷车没装上马车，车上没有床铺，还有其他的原因。但是罗兰说不上来，只是觉得这片草原与众不同。

"爸，"罗兰问，"你以后找的放领地会和我们在印第安保留区的一样吗？"

爸想了想回答说："不一样。我也说不清，但是这片草原就是不一样，感觉就不同。"

"这有可能啊。"妈说，"我们现在在明尼苏达州的西边、印第安保留区的北边，这些植物什么的，肯定不太一样。"

不过，罗兰和爸并不是这个意思。花、草实际上并没多大区别，这里有些别的东西是其他地方没有的，就是一种很安静的感觉，让你自身就能安静下来，而且觉得自己就身处于一种宁静的氛围中。

风轻轻吹动青草的声音、马咀嚼饲料的声音，还有罗兰一家吃饭和聊天的声音，都无法打破这无边无际的宁静。

爸谈到了他的新工作。他将成为公司的一名店员，同时还是银湖营区的管理员。他要负责照看店铺，记录工人的支出账目，再扣除他们的住宿费和在商店赊的账，就能清楚地算出他们的工钱。

等每个月出纳员把钱送来，爸就会把工资发到每位工人手中。这就是他即将从事的工作，爸为此每个月可以挣五十美元。

"最令人高兴的是，卡洛琳，我们是最先到这儿来的一批人。"爸说，"我们可以选择一块放领地。天哪，我们终于时来运转啦！在新的土地上，一整个夏天每个月都可以赚五十美元。"

"这真是太好了，查尔斯。"妈说。

然而，他们的谈话并没有打破这片草原上的宁静。

整个下午，他们马不停蹄地走啊，走啊，走了一英里又一英里，一路上荒无人烟，唯有无边无际的草地和头上广阔的天空。他们走的那条小路，也只能通过被马车碾过的草丛来辨认。

罗兰看见昔日印第安人和野牛走出来的小路，已经深深地陷入地里，上面覆盖了一层青草。她还看见了奇形怪状的洼地——四周笔直，底部也很平坦。那曾经是野牛打滚的泥塘，如今长满了杂草。罗兰从来没见过野牛，爸说她以后很难再看见了。就在不久前，这儿还有成千上万头野牛，它们属于印第安人所有，现在全都被白人杀死了。

草原一直延伸到了遥远澄静的天边。风呼呼地吹着，一刻也不停歇，被太阳晒得泛黄的野草随风摇摆。整个下午，爸驾着马车一直往前行进。他快乐地吹着口哨，唱起了歌谣。他常常唱的歌是：

　　　哦，快来这个地方，
　　　别害怕也别紧张，
　　　山姆大叔富甲一方，
　　　可以给每人一座农庄！

就连小宝宝格蕾丝也跟着咿咿呀呀唱起来，尽管她唱着唱着就跑调了。

哦，来吧，快来吧，

快快来到这个地方，

哦，来吧，快来吧，

别害怕也别紧张，

山姆大叔富甲一方，

可以给每人一座农庄！

太阳渐渐西沉。这时候，有一个骑马的人出现在草原上，尾随着马车。他跟在他们身后，不紧不慢地走着，跟了一英里又一英里，等到太阳慢慢落山的时候，他就一点儿一点儿地加快速度，接近了他们。

"离银湖还有多远，查尔斯？"妈问。

"大概还有十英里。"爸说。

"附近没有人家，是吗？"

"是的。"爸回答道。

她不再说话。大家都默不作声。他们不断地回过头去看看后面那个骑马的人。每当他们看的时候，都觉得那个人离得更近了。他一定是有意跟在他们后面，在太阳完全落下去之前，他并不想赶到他们前面去。夕阳西下，很多有浅坑的地方都布满了阴影。

爸每次回过头看那个人时，都会抖动手里的缰绳，让马跑快一点儿。可是马拖着满载重物的马车，是不可能比一个骑马的人跑得快的。

那个人离他们已经非常近了。罗兰看见他腰里别了两把手枪，帽檐拉得低低的，遮住了双眼，脖子上松松地系着一条红色的丝巾。

爸来西部的时候带着枪，可现在枪却不在马车上。罗兰不知道枪放在哪儿，又不好问爸。

她又回头看了看，只见另外一个人骑着一匹白马跟了上来。那个人穿着一件红衬衫。本来他离他们还有很远的一段距离，但是他飞一般地追上来了。现在，他们两个一道追了上来。

妈压低声音说："现在后面跟着两个人了，查尔斯。"

玛丽害怕地问："发生什么事了？罗兰，出什么事了？"

爸飞快地转过身看了看后面，然后就放松下来，"现在不用担心了，"他说，"跟来的是大个子杰瑞。"

"大个子杰瑞是谁啊？"

"他是一个混血儿，有一半法国人的血统，一半印第安人的血统。"爸若无其事地说，"他是一个赌徒，还有人说他是个盗马贼，但他是一个好人。杰瑞绝不会让任何人来抢劫我们的。"

妈吃惊地看了看爸，想说点儿什么，紧接着又闭上了嘴。

那两个骑马的人跑到马车旁。爸招了招手说："嗨，杰瑞！"

"嗨，英格斯！"大个子杰瑞向爸招呼道。他身旁的那个人凶巴巴地扫视了他们一眼，然后便策马往前奔去。大个子杰瑞跟在了马车旁。

他看起来真像一个印第安人——高大、魁梧，古铜色的脸瘦瘦的。他身上穿着的红衬衫红得像一团火。他没戴帽子，策马飞奔的时候，直直的黑发抚过颧骨高高的脸颊。他骑着的那匹白马显得非常自在，因为杰瑞没有给它套任何马具，它想去哪儿就可以去哪儿，但是它宁愿跟随杰瑞左右，杰瑞去哪儿它就跟到哪儿。马和人像是融为了一体。

他们跟在马车旁边走了一会儿，接着马快跑起来，迈着流畅优美的步伐飞驰而去。他们跑下一个洼地，然后又跑上来，一直朝着西边那轮火红的落日跑去。那如烈火般鲜艳的红衬衫和雪白的马渐渐消失在万丈光芒中。

罗兰终于吐了一口气。"哦，玛丽！那匹马是那么雪白，那个高个子古铜色的男人披着一头黑色的头发，红衬衫是那么引人注目！周围是褐色的草原，他们一直沿着草地向前跑去，人和马奔入了西沉的太阳里去了，他们会随着太阳跑遍全世界！"

玛丽想了想说："罗兰，你知道他是不可能跑进太阳里去的，他和所有的人一样，骑着马在地上跑。"

但是罗兰觉得她并没说错，她说的就是她看到的。那匹美丽的自由的马和那个狂野不羁的男人冲进太阳里的那一刻，已经永远烙印在罗兰的脑海中了。

妈还是有些担心另一个骑马的人会埋伏在某个地方抢劫他们，但是爸安慰妈说："不用担心，杰瑞已经跑到前面去找他了，他们待在一起，直到我们走进营区。杰瑞不会让人来骚扰我们的。"

妈回过头来，看看罗兰她们是不是受到了惊吓，然后紧紧搂抱着格蕾丝。她不再说话，因为说什么也无济于事。但是罗兰知道，妈其实不想离开梅溪，她一点儿也不喜欢现在这个地方，也不喜欢在夜幕将至时跋涉在渺无人烟的土地上，甚至身后还有人想打劫他们。

天色越来越暗，鸟儿发出响亮的鸣叫声。罗兰能看到一些黑色的影子飞过灰蓝色的天空，排成一字形的是野鸭，排成人字形的是大雁。领头的鸟呼唤着它的同伴，其他鸟也跟着回应。整个天空都回荡着"嘎！嘎！呱！呱！"的鸣叫声。

"它们飞得特别低，"爸说，"是准备在湖上过夜呢。"

前面分布着几个湖泊。天边的那条不断闪烁的细细银线就是银湖。位于银湖南面的是波光闪烁的双子湖——亨利湖和汤普森湖。双子湖中间有一个小黑点，那是"孤树"。爸说那是一棵大白杨树，是大苏河和吉姆河中间唯一的树。它长在双子河间的一块小土丘上，因为它的根系深深地扎进湖底，所以就长得格外高大。

"我们以后从这棵树上采些种子，种在我们的土地上。"爸说，"你们在这儿看不见精灵湖，它在银湖西北九英里的地方。卡洛琳，你看，这儿是多么好的一个狩猎场啊。土地肥沃，水源充沛，到处都是飞禽。"

"是啊，查尔斯，我看到了。"妈说。

太阳变成了一个透亮的圆球，慢慢地沉到那片深红色的云层中去了。一片冷冽的紫色从东方升起，缓缓地掠过草原，然后慢慢爬上高空。星星低低地悬挂在天空中，一闪一闪地发光。

风猛烈地刮了一整天，随着太阳下山，风也变得温柔起来，在草丛中低语。在夏夜的天空下，整个大地都渐渐平静下来。

爸驾着马车在星光下向前走，马蹄踏在草地上踩出吧嗒吧嗒的声音。在遥远的前方，有几点灯光透出来，那就是银湖营地的灯光。

"接下来的八英里我们就不用再看路了，"爸对妈说，"只需朝着灯光走下去就行了。我们和营区之间除了平坦的草原和空气，再也没什么了。"

罗兰感到又冷又累。那些灯光看上去若隐若现，也许只是星光，因为整个夜空星光闪烁，在黑夜中变幻着各种图案。马车的车轮压过草地，发出沙沙的声音。车轮不停地滚动，沙沙声也不绝于耳。

突然间，罗兰眼前一亮一道门出现在面前，灯光从屋里洒出来。亨利叔叔从明亮的灯光里乐呵呵地走过来。罗兰心想,这不是亨利叔叔在大森林中居住的小木屋吗?罗兰很小的时候就去他家玩过,可是,亨利叔叔怎么会在这里呢?

"亨利!"妈大声喊道。

"我想给你一个惊喜,卡洛琳!"爸大声说,"所以就没事先告诉你亨利在这儿。"

"天啊,实在让我太惊讶了!"妈说。

一个高个的年轻男人走了出来,原来是查理堂哥,就是那个当年在燕麦田给亨利叔叔和爸捣乱,被几千只黄蜂蜇伤的男孩。"嗨,罗兰!嗨,玛丽!还有小宝宝卡琳。你们都长成大姑娘啦,不再是小丫头了,是吧?"查理堂哥扶着她们下了马车,亨利叔叔从妈手中接过格蕾丝,爸扶着妈下马车。堂姐路易莎走过来,跟他们打着招呼,把他们让进屋子里。

堂姐路易莎和堂哥查理现在都长大了。他们住在这间工棚里,替那些修铁路的工人做饭。现在那些工人已经吃过晚饭,都去工棚里睡觉了。路易莎一边说着这些事情,一边把在炉灶上热着的晚餐盛好让大家吃。

吃过晚餐,亨利叔叔点上一盏灯,领着大家去工人们替爸盖好的一间小屋。

"全是用新木材盖的,卡洛琳,屋子里非常干净。"亨利叔叔举着灯让他们看看新的木板墙和靠墙的床铺。小屋的一边摆着一张床,那是爸和妈的,另一边摆着一张上下铺,罗兰、玛丽、卡琳和格蕾丝在这张床上睡。堂姐路易莎已经早早把床铺好了。

不一会儿,罗兰和玛丽就躺了下来,床上铺着用新鲜干草做的床垫,紧接着爸就吹灭了灯。

第八章
银　湖

第二天清晨，太阳还没升起来，罗兰便提着水桶去银湖边的浅井打水。在银湖的东边，灰白的天际出现了一轮深红和金色的光晕。光芒沿着南岸一路延伸，照亮了东北边高耸的堤岸。

西北方还笼罩在夜色中，银湖像是一面坠落在野草丛中的银白色的镜子。

西南边的茂密草丛里，野鸭嘎嘎地叫个不停。那儿正是沼泽地带的源头。水鸟尖叫着，迎着清晨的风飞过湖面。一只野雁大声啼叫着，从水面直冲上云霄，一群野雁回应着，一只接一只从湖面飞上高空。它们排成一个巨大的三角形，扇动着有力的翅膀，向光芒万丈的旭日中飞去。

东边天际的金色光束越升越高，照射在湖面上，银湖波光粼粼。然后，太阳像一个金光闪闪的圆球，从东方的天际一跃而出。

罗兰深深地吸了一口气。她迅速地打了一桶水，匆匆赶回小屋。新盖的棚屋孤单地耸立在银湖岸边，就在铁路工人住的工棚南边。阳光灿烂，小屋泛着黄色的光芒，几乎淹没在高高的草丛中。屋顶向一边倾斜着，看上去像只有半个屋顶。

"我们一直等着用水呢，罗兰。"罗兰刚走进小屋，妈就说道。

"天啊，妈！好美的日出！你应该出去看看！"罗兰兴奋地说，"实在是太美了，我简直都舍不得离开！"

罗兰赶紧帮妈准备好了早餐，同时给妈描绘她看到的情景——太阳从银湖那边升起来，把整片天空染上绚丽的色彩，黑压压的雁群飞过璀璨的天空，成千上万只野鸭在湖里嬉戏，各种水鸟都迎着晨风飞过。

"我听见它们叫了。"玛丽说，"这些野鸭嘎嘎地叫着，闹哄哄的。我甚至都看得见那个情景。罗兰，你讲得太形象生动啦！"

妈冲着罗兰笑了笑，她说："好了，姑娘们，我们要整整忙上一天呢！"说完就给她们安排活儿了。

在中午之前，她们要把所有的行李打开，把小屋收拾干净。先把路易莎堂姐的被褥拿外面晒，然后还给她，妈的床垫套要填塞上新鲜干净的干草。妈在商店里买了几米色彩鲜艳的印花布，用来做成挂帘。她做了一幅帘子，挂在棚屋中央，用来挡住屋后的工棚。她又做了一幅帘子，挂在两个床铺之间，这样就隔出了两间卧室，一间是她和爸的，另一间是姐妹们的。屋子非常狭窄，帘子只好紧贴着床铺。不过，当床上铺好羽毛床垫和棉被时，整个小屋一下子就变得明亮舒适了。

帘子前面是起居室，空间非常小，做饭的炉灶就在门边。妈和罗兰把可以伸缩的折叠桌子靠着墙摆放，对着敞开的大门，再把玛丽和妈的摇椅放在房间的另一边。地面还是泥土地，留有很多难以拔尽的草根，不过她们已经把地扫得干干净净了。和煦的微风从敞开的门吹进来，这间铁路营地上的小棚屋里显得那么温馨，就像一个真正的家。

"这间小屋就只有半边的斜屋顶，没有窗户。"妈说，"不过这屋顶盖得特别牢固，我们也用不着窗户，因为从门口进来了那么多新鲜的空气和阳光。"

爸回来吃午饭的时候，看见所有的东西都已经收拾得有条不紊，非常高兴。他轻轻地捏了捏卡琳的耳朵，把格蕾丝一把举过头顶，不过屋顶太矮了，他没法把她抛到空中。

"那个牧羊女小瓷像放在哪儿呢，卡洛琳？"爸问道。

"我没拿出来，查尔斯。"妈说，"我们又不是长期住在这儿，等你找到一块放领地，我们就要搬走啊。"

爸笑着说："我有足够的时间去选一块最好的放领地！你看看这么大的草原，除了一些铁路工人，再也没人居住在这儿，而且，这些铁路工人在冬天到来之前就会离开。我们到时就能挑一块合意的宅地了。"

"等吃了午饭，我想和玛丽一块儿出去走走。"罗兰说，"我们要去看看营地，看看银湖，还有这里的一切。"她说完就提着水桶，连帽子也没戴，去外面打水了。

这时候风已经渐渐变大，天空万里无云，辽阔的土地一望无垠，只有草叶泛着粼粼的光。一阵风吹来，送来了铁路工人们嘹亮的歌声。

铁路工人的马车回到营地了。他们排成一列长长的队伍，蜿蜒着穿过草原。套上马具的马肩并肩向前走着。工人们没戴帽子，皮肤晒成了古铜色，有的穿着蓝白条纹的衬衫，有的穿着灰色的衬衫，还有的穿着灰蓝色的衬衫，所有人都唱着同一首歌。

他们就像一支行进在广阔的天空下的军队，穿过辽阔的土地，歌声就是引领他们前进的军旗。

风猛烈地吹着，罗兰望着这群人马，听着工人一路高歌回到了工棚。他们慢慢聚集或分散开来，歌声也渐渐变成热烈的说话声。这时罗兰想起了手里的水桶，她急忙打满一桶水就往家里赶。因为太匆忙了，桶里的水飞溅出来，打湿了她的腿。

"我……我实在是忍不住……想看看那些工人排着队走进营区。"罗兰气喘吁吁地说，"人真多啊，爸！而且所有的人都在唱同一首歌！"

"好了，我的小瓶子，先喘过气来再说。"爸笑着说，"五十组马车，七八十个工人只算得上是一个小营区。你应该到西边的斯坦宾营区去看看，那里有两百号人马……"

"查尔斯。"妈突然打断了爸的话。

一般情况下，当妈轻轻地喊一声"查尔斯"的时候，大家都明白她的意思。可这一次罗兰、卡琳和爸都不解地看着妈。她朝爸摇了摇头。

然后，爸就看着罗兰说："你们女孩子千万不要靠近营区。出去散步时也不要到工人工作的地方去玩，而且一定要赶在工人收工前回到家里。这些铁路工人都是一些粗人，言谈举止特别粗鲁，你们最好少和他们打交道。罗兰，你一定要记住我说的话，还有你，卡琳。"爸的神情显得异常严肃。

"好的，爸。"罗兰答应道。卡琳也小声地说她记住了。她的眼睛睁得大大的，看上去有些惊恐不安。她可不想听那些粗鲁的话，不管那些话说的是什么。罗兰倒想听听，哪怕只听一次就好。但是她肯定会听爸的话的。

于是，那天下午她们出去散步的时候，就远远地避开了那些工棚，沿着银湖朝大沼泽地走去。

在阳光的照耀下，银湖像一条金色的缎带，从她们的左侧缓缓流过。一阵风吹过，平静的湖面荡起层层涟漪，轻轻地拍打着湖岸。低矮的湖岸结实而干燥，堤岸上水草郁郁葱葱。从波光粼粼的湖面望过去，罗兰可以看见银湖的东岸和南岸高高耸立，差不多和她一样高。一小块沼泽地从东北面与银湖相连，而野草密布的大沼泽地则向西南面蜿蜒。

罗兰、玛丽和卡琳沿着堤岸悠闲地漫步，银蓝色的湖水在她们脚边荡漾着涟漪。她们踩着茂密的野草，感受着青草的温暖、柔软。她们的裙摆被风吹得紧紧地贴在腿上，罗兰的头发也被风吹乱了。玛丽和卡琳的遮阳帽牢牢地系在下巴上，可罗兰的太阳帽又耷拉在了后背上。沙沙作响的野草好像在喃喃细语。成千上万只野鸭、大雁、苍鹭、鹤、塘鹅的叫声在风中传得很远很远。

所有这些鸟都在大沼泽觅食。它们拍打着翅膀，飞向高空，然后又停落在沼泽地里。它们时而吵吵嚷嚷，交流着收集到的各种信息，时而津津有味地嚼着草根、柔嫩的水草和小鱼。

湖岸越来越低，一直延伸到了大沼泽才不见踪影。湖水融入沼泽后，形成几个小池塘，被很高的野草包围着。水塘在草丛中泛着粼粼波光，无数只野生飞禽栖息在这里。

罗兰和卡琳刚一走近沼泽地，就惊得无数只野鸟振翅向空中飞去，惊恐不安的眼睛瞪得圆溜溜的。刹那间，空中充斥着各种鸟的鸣叫声。野鸭和大雁把它们带蹼的脚紧紧地贴在尾巴下面，飞快地越过草丛，停落在另一个大水塘里。

罗兰和卡琳一动不动地站着。粗糙的野草高过她们的头顶，在风中发出粗糙的摩擦声。她们的脚渐渐陷入了淤泥中。

"哦，泥巴软绵绵的。"玛丽说着，飞快地转过身往回走。她可不喜欢双脚沾满泥浆。

"快回去，卡琳！"罗兰喊道，"不然你会陷进去，那些小池塘就藏在草丛里！"

罗兰的脚踝上沾着柔软、冰凉的泥巴，她站在那儿，被草丛中波光闪烁的小池塘深深吸引了。此刻，她多么渴望一直往前走，走进野鸟聚集的沼泽地中，可是她知道她不能丢下玛丽和卡琳不管。于是，她只好和她们一起走回坚硬、高耸的草地上。齐腰深的野草被风吹得频频点头，短短的略微卷曲的野牛草东一块西一块地生长着。

她们到沼泽地的边缘采摘了一些红艳艳的虎纹百合花，在高高的土丘上采了一些枝条很长的紫色豆荚。蚱蜢在草丛里蹦蹦跳跳，各种各样的小鸟扑扇着翅膀，在摇曳的草茎上飞上飞下。许多松鸡没头没脑地四下乱窜。

"啊，多么原始而美丽的大草原！"玛丽幸福地感叹道。"罗兰，你戴上遮阳帽了吗？"

罗兰赶快把遮阳帽戴上，然后轻轻地说："戴着呢，玛丽。"

玛丽笑了起来："你刚刚才戴上，我听到了呢。"

傍晚时分，她们才往回走。那座只有半边倾斜屋顶的小屋，孤零零地矗立在银湖岸边，看上去非常小。妈站在门口，身影也显得小小的，她正用手遮在额头眺望着她们，她们向妈挥了挥手。

她们看到整个营地分布在她们家棚屋北边的湖岸边。坐落在最前面的是爸工作的商店，然后是一间饲料店，再往后是工人们的马厩。马厩搭建在草原上一处略略隆起来的地方，屋顶上盖着沼泽地里的野草。马厩后面就是工人们过夜的又长又矮的工棚，再远一些是路易莎堂姐的那间食堂。烟囱里冒着袅袅炊烟，看来她们已经在准备晚饭了。

接着，罗兰第一次看见了一栋房屋——一栋真正的房屋，它独自矗立在银湖的北岸。

"我想知道那是什么样的房子，到底是谁住在那儿呢？"她说，"它看着不像是移民建在宅地上的屋子，因为没有马厩，也没有农田。"

她把她看到的都告诉了玛丽，玛丽说："这地方真美啊，有崭新的干净的小屋，有草地，有湖水。至于那栋房子呢，你老是猜测也没用啊，我们可以问问爸呀。听，又有一群野鸭飞过来了。"

一群又一群的野鸭飞了过来，排成一条长线的大雁也从空中俯冲下来，它们准备停歇在湖中过夜呢。工人们已经收工往回走，一路上谈笑风生。妈站在小屋门口，一直等着她们回来。她们迎着凉爽的风，带着和煦的阳光和清新的空气回到家里，把一大束虎纹百合和紫色的豆荚送给了妈。

卡琳把花插进水壶里，罗兰忙着摆餐桌准备吃晚饭。玛丽坐在她的摇椅上，把格蕾丝放在腿上，给她讲嘎嘎叫的野鸭和准备在湖里过夜的野雁。

第九章
盗 马 贼

有一天晚上吃晚饭时，爸显得心事重重，别人问他什么，他就回答什么，也不愿多谈。妈便问："你是不是哪里不舒服啊，查尔斯？"

"我没事，卡洛琳。"爸说。

"那有什么事情吗？"妈还是有些不放心。

"没什么，"爸说，"不用担心。嗯，工人们放话说今天晚上要抓到盗马贼。"

"那是海依的事。"妈说，"我希望你让他去处理。"

"不用担心，卡洛琳。"爸安慰妈道。

罗兰和卡琳看了对方一眼，又看了看妈。过了一会儿，妈温柔地说："我希望你别插手，查尔斯。"

"大个子杰瑞来过这个营区。"爸说，"他在这里待了一个星期，现在已经离开了。工人们都说他和盗马贼是一伙的。只要他每次一离开营区，营区里最好的马就会被人偷走。他们觉得他在这里这么久就是为了挑出最好的马，摸清马厩的位置，然后接应那些盗马贼过来，趁夜里把马偷走。"

"我常常听人说不要轻易相信有印第安血统的人。"妈不喜欢印第安人，甚至对有一半印第安血统的混血儿也同样排斥。

"别忘了，要不是那个印第安人，我们在弗迪格里斯河早就被人剥下头皮了。"爸说。

"如果没有那些野蛮的印第安人，我们根本就不会有危险。"妈说，"他们居然把刚剥下来的臭鼬皮围在腰间。"她好像又闻到了臭鼬皮的味道，发出了厌恶的语气。

"我认为大个子杰瑞不会偷马。"爸说。但是罗兰听爸的口气，觉得他也不十分肯定。"其实真正的麻烦是，杰瑞总是在发工资的第二天就来到营区，和工人们玩扑克牌，结果把工人的钱全赢走了，所以那些工人想置他于死地。"

"我真弄不懂，为什么海依竟然纵容这些工人赌博。"妈说，"赌博和酗酒一样糟糕。"

"如果他们不想赌，完全可以不赌。"爸说，"杰瑞赢光了他们的钱，那是他们咎由自取。再也没有比杰瑞更善良慷慨的了。你只要想一想他是怎么照顾老强尼的，就知道他的为人了。"

"这倒是真的。"妈表示赞同。老强尼是一个挑水工人，一个个子矮矮的、弯腰驼背的爱尔兰老人。他在铁路上工作了一辈子，现在老得已经无法再干活，公司里只好给他另外安排了一个差事，让他每天给工人送水喝。

每天早晨和午饭过后，老强尼就会来到井边，打上满满两桶水，把扁担放在肩上，弯下腰，用扁担两端的铁链上的铁钩子钩住桶，然后憋足了劲，艰难地把身子直起来，两桶水也随着离地了，重量全压在他的肩膀上。老强尼双手扶稳木桶，然后迈开小步，艰难地往前走。

两只水桶里都放着一把长柄勺。老强尼沿着工人们做工的路线走过去，这样，想喝水的工人就可以自己舀水喝，不用停下手中的活儿。

老强尼又瘦又小，脸上爬满了皱纹，不过他的蓝眼睛却炯炯有神。他总是尽量走快一点儿，不让口渴的人久等。

有一天清晨，大个子杰瑞走到罗兰家门前，告诉妈说，老强尼已经病了整整一宿了。

"夫人，他上了年纪了，身子又那么瘦弱，"大个子杰瑞说，"食堂里的饭不适合他吃。您能不能给他准备一杯热茶和一些早餐？"

妈在盘子里放了几片热热的、容易消化的饼干，又在旁边放了一块土豆泥煎饼和一片酥脆的咸肉。然后，她装上一小壶热茶，把这些东西交给了大个子杰瑞。

吃过早餐，爸去工棚里看望老强尼。他回来告诉妈说，大个子杰瑞悉心照顾了老强尼一整夜。老强尼说，为了让他更加暖和一些，大个子杰瑞把自己的毛毯盖在他身上，宁可自己受冻。

"他照顾老强尼，就像照顾自己的父亲一样。"爸说，"还有上次发生在我们身上的那件事，卡洛琳，我们真不知该怎么感谢他才好。"

他们都还记得，那天太阳快要落下去了，有个陌生的男人一直紧紧地跟在他们马车后面，幸好大个子杰瑞骑着白马送了他们一程。

"好了，"爸慢慢站了起来，"工人们要来买装枪的火药了。我希望大个子杰瑞今天晚上不要来营地。要是他晚上来看望老强尼，把马拴在马厩里的话，那些人就会射杀他的！"

"天啊，不，查尔斯！他们不会这么做！"妈惊叫起来。

爸戴上帽子。"那个到处散布谣言的人以前就杀过一个人。"

爸说，"结果他对法官狡辩说自己是自卫，不过还是在州监狱里服刑过一段时间。上次发工资的时候，大个子杰瑞把他的钱赢得干干净净，他没胆量当面找大个子杰瑞的麻烦，但一旦瞅准了机会，准会对杰瑞下毒手。"

爸去商店了，妈沉默地收拾好桌子。罗兰洗碗的时候，头脑里一直浮现着大个子杰瑞和他那匹雪白的马。她曾经多次看见他们在褐色草原上自由驰骋。大个子杰瑞总是穿着一件像一团火似的红衬衫，从来不戴帽子，他的白马也从不系皮带。

爸从商店回来的时候，夜已经很深了。他说有六个人带着上了子弹的手枪，已经埋伏在马厩周围了。

到了该睡觉的时候，整个营区里没有一点儿灯火。小棚屋靠着低矮的土坡，漆黑一片，几乎什么也看不清，除非你清楚房子的具体位置，才能隐约看见它们黑糊糊的影子。银湖湖面上映着一点点星光，黑黢黢的大草原环绕在湖的四周。天空如同一块黑色丝绒一样，星星一闪一闪。风在寒冷的夜空中哀号，草丛沙沙作响，好像它们也感到惊恐一样。罗兰看着，听着，然后浑身哆嗦着跑回了小屋。

格蕾丝已经在帘子后面的床上睡着了，妈正在照料玛丽和卡琳上床睡觉。爸把帽子挂了起来，然后坐在长凳上，不过他没有脱下靴子。罗兰进屋来的时候，他抬起头看了她一眼，然后站起来，穿上外套。他系上所有的扣子，把衣领立了起来，以便遮住里面的灰白衬衫。罗兰什么也没说。爸又戴上了帽子。

"不用等我，卡洛琳。"他说。

妈从帘子后面走出来，这时爸已经出去了。她走到门前，朝外面看了看，这时爸已经消失在黑夜中。过了一会儿，妈转过身说："上床睡觉吧，罗兰。"

"求求你，妈，让我等一等再睡吧！"罗兰恳求道。

"我也再等等，"妈说，"反正上床也睡不着。我现在一点儿也不觉得困。"

"我也不困，妈。"罗兰说。

妈把灯芯调小，吹灭了火苗。她坐在爸在印第安保留区为她做的那把胡桃木摇椅上。罗兰光着脚走到妈的身旁，依偎着妈坐下。

她们坐在黑暗中，仔细倾听着周围的一切。罗兰感觉到耳朵里有一种细微的嗡嗡声。她听到妈的呼吸声，熟睡中的格蕾丝平缓的呼吸声，还没睡着的玛丽和卡琳急促的呼吸声。门口吹来一阵风，帘子轻轻地摇晃起来，发出细碎的声音。罗兰透过门能看到外面的星空，星星在远方闪烁着。

风在户外长吁短叹，草丛沙沙作响，湖水无休止拍打着岸边。

突然黑暗中发出一声尖叫，吓得罗兰浑身颤抖，她几乎叫出了声。原来是一只掉队的野雁发出可怜的啼叫，接着它的同伴们在沼泽地里纷纷回应着，野鸭也被吵醒了，呱呱地叫着。

"妈，让我出去找爸吧。"罗兰悄悄说。

"不要出声。"妈说，"你找不到爸的。再说啦，他也不会让你出去找他。安静点儿，爸会照顾好自己的。"

"我想做点儿事，不管做什么都可以。"罗兰说。

"我也想。"妈说。黑暗中，妈伸出手来温柔地抚摸着罗兰的头。

"太阳和风把你的头发弄得太干燥了，罗兰。"妈说，"你得多梳一梳头发，每天晚上睡觉前梳一百下。"

"好的，妈。"罗兰小声说道。

"我跟你爸结婚的时候，我的长发可漂亮呢。"妈说，"我都能坐在自己的辫子上呢。"

接着，妈就不说话了，她一边抚摸着罗兰粗糙的头发，一边倾听着外面是否有枪声响起。

一颗明亮的星星在离门框很近的地方闪烁。时间一分一秒地流逝，它也跟着缓缓地移动，从东方渐渐移到了西方。

突然，罗兰和妈听到一阵脚步声，那些星星一下子被挡住了。爸出现在了门前。罗兰高兴得蹦起来，妈却一下瘫坐在椅子上。

"还在等我呀，卡洛琳？"爸说，"你不用担心，一切都好好的。"

"你怎么知道啊，爸？"罗兰焦急地问，"你怎么知道大个子杰瑞……"

"别太操心了，小姑娘！"爸打断了罗兰的话，"大个子杰瑞安然无恙。他今晚不会到营区来的。如果他明天早晨骑着白马出现的话，我丝毫也不会感到意外。现在我们睡觉吧，一觉睡到太阳出来！"爸说着便发出了洪钟一样的笑声，"明天早上准会有一大群铁路工人一边干活一边打瞌睡。"

罗兰在帘子后面脱衣服时，爸在屋子的另一边脱靴子。罗兰听见他压低声音告诉妈："最令人高兴的是，以后银湖营区再也不会丢一匹马了。"

果然，第二天一大早，罗兰就看见大个子杰瑞骑着他的白马从小屋门前经过。他去商店门前向爸打了一声招呼，爸朝他挥了挥手，然后大个子杰瑞就朝着工人们干活的地方飞奔而去。

从此，银湖营区再也没丢过一匹马。

第十章
愉快的下午

　　每天清晨，罗兰洗碗的时候，都能从开着的大门看见工人们走出食堂，去马厩里牵马。接着就传来马具的碰撞声，还夹杂着工人的叫喊声。等工人和马都出去干活之后，营地一下变得静悄悄的。

　　日复一日，每一天都很忙碌。星期一，罗兰帮妈洗衣服，阳光很快就把衣服晒干了，还散发着清香。星期二，她在晒干的衣服上洒些水，帮妈把衣服熨平整。星期三，她得干些缝补的活儿，尽管她一点儿也不喜欢。玛丽正在练习不用眼睛就可以做针线活儿。她十指灵巧，已经能把边缝得十分平整，要是帮她把颜色搭配好，她就可以缝拼布被了。

　　到了中午，工人们牵着马匹回来吃饭，营区里又变得喧闹起来。爸从商店回来了，一家人便围坐在小屋里吃午饭。一阵阵小风吹进小屋，门外是辽阔的草原。草原渐渐从棕色变成黄褐色，又变成棕褐色，层层草浪随着风向着天边的方向延伸过去。晚上的风越来越冷了，越来越多的野鸟飞向南方。可罗兰一点儿也没想过这儿的冬天会是什么样子。

　　她想知道工人们在哪儿干活儿，他们是怎么修建铁路的。工人们早出晚归，罗兰所能看到的，只有西边的草原上扬起的一阵阵尘土。她真想去看一看工人是怎么修建铁路的。

　　有一天，杜西亚姑姑来到营区，还带了两头奶牛来。她说："查尔斯，我把会走路的奶库带来了，附近没有养牛的农户，这是唯一能喝上奶的好办法。"

　　其中一头奶牛是给爸的。它是一头漂亮的亮红色奶牛，名字叫艾伦。爸把艾伦从杜西亚姑姑的马车后面解下来，然后把缰绳递给罗兰。"拿去，罗兰。"他说，"你已经长大了，可以好好照顾它了。把它牵到水草茂密的地方去放，记着要拴好它。"

　　罗兰和琳娜把两头奶牛拴在相距不远的草地上。每天早晨和傍晚，她们结伴而行去放牛，带牛去湖边饮水，牵它们去吃嫩草，然后一边挤奶一边唱歌。

　　琳娜会唱很多歌，罗兰很快也学会了。当白花花的牛奶流进亮闪闪的锡皮桶时，她们一起唱了起来：

　　　　生活在海浪上，
　　　　在浪涛里安家，
　　　　蝌蚪摇了摇小尾巴，
　　　　眼泪顺着脸颊流下。

　　有时候，琳娜也会轻轻地唱，罗兰也跟着一块儿轻声唱：

　　　　我不愿意嫁给农夫，
　　　　因为他总是和泥巴打交道，
　　　　我想要嫁给铁路工人，

他爱穿条纹衬衫！

不过，罗兰最喜欢的还是华尔兹舞曲，她喜欢唱《扫帚歌》，尽管为了增强节奏感，要把"扫帚"重复唱上好多遍。

卖扫帚，卖扫帚，卖扫帚！
卖扫帚，卖扫帚，卖扫帚！
从我这流浪的人手里买把扫帚！
快扫扫身上的虫子，
免得它们让你无比烦躁，
你会发现这把扫帚用处多多，
不管是白天还是黑夜！

奶牛静静地站着，咀嚼嘴里的食物，好像在聆听她们的歌声，等她们把奶挤完。

随后，罗兰和琳娜提着热乎乎的牛奶回到小屋。早晨，工人们从工棚里走出来，在门边长条凳上的水盆里洗脸、梳头。这时，太阳从银湖湖面上冉冉升起。

傍晚时分，天空渲染着红色、紫色、金色的晚霞，大队人马牵着马一路高歌走回来，走在已经踩踏出来的小路上。琳娜和罗兰都赶快回到各自的家中，因为她们必须抢在奶油浮起来之前过滤牛奶，还得帮忙做晚餐。

琳娜要帮杜西亚姑姑和路易莎堂姐干活儿，几乎抽不出时间来玩。罗兰虽然干活不是那么辛苦，但整天也是忙忙碌碌的。所以她俩除了挤牛奶之外，平时很难见上一面。

"要是爸没把我们的小黑马送到工地上去干活，你知道我想做什么吗？"有天傍晚琳娜突然问道。

"不知道，想做什么呢？"罗兰。

"嗯，如果我能抽得出时间，如果可以骑马，我们就去看看那些工人工作。"琳娜说，"你想去吗？"

"我当然想去啊。"罗兰说。不过，她并没抱多大希望，也就不必担忧这样会不会违背爸的叮嘱，因为反正她们现在无论如何也去不了。

有一天吃过午饭，爸放下手中的茶杯，抹了抹嘴巴，说："小姑娘，你想知道的事情实在是太多了。下午两点左右，你戴上遮阳帽到商店来吧，我带你出去走走，让你亲眼看看！"

"噢，爸！"罗兰欢呼起来。

"好了，罗兰，别激动。"妈说。

罗兰这才意识到她不该大喊大叫的。她压低声音问："爸，可以带上琳娜吗？"

"等会儿再说。"妈说。

爸去商店了，妈严肃地跟罗兰说话。妈说她希望她的女儿们言谈举止要温文尔雅，彬彬有礼，做一个真正的淑女。他们在梅溪只住了一段时间，其他时候一直都住在荒凉的地方，现在又搬到野蛮的铁路营区，这个地方还需要很长一段时间，才会变得文明。所以妈认为生活在这种环境里，一定要自己管好自己。她希望罗兰离营地远一点儿，不要和那些粗野的工人有任何接触。这一次，罗兰可以跟爸去工地看一看，但一定要守规矩，而且要牢记，一个淑女绝不可以太招摇。"是的，妈。"罗兰说。

"还有，罗兰，我不想让你带琳娜去。"妈说，"琳娜是个很能干的女孩子，可是她的性格太张扬，杜西亚姑姑又不怎么管她。如果你非要看看那些粗人工作的地方，你就跟着爸悄悄地去，然后再悄悄地回来，以后就不要再提起这件事了。”

“好的，妈。”罗兰说，“可是……”

“可是什么，罗兰？”妈问。

“没什么。”罗兰说。

“我真弄不明白你为什么非要去。”玛丽不解地问道，“待在小屋里玩玩，或去湖边散散步不是更好吗？”

“我就是想去看看，看看他们是怎么修建铁路的。”罗兰说。

罗兰出门时牢牢地系上了太阳帽。商店里就只有爸一个人。爸戴上宽边帽，锁上门，和罗兰一起走上了草原。现在是一天中光线最强烈的时候，晴朗的天空万里无云，草原像一面宁静的湖水。其实并不是这样，因为他们才走了几分钟，小土丘就跃入眼帘，遮住了营地的棚屋。草地上只有一条泥土路通往工地，路边上是铁路的路基。天空中扬起一阵沙尘，很快就被风吹散了。

爸抓住帽檐，罗兰低下头，遮阳帽被吹得啪啪直响，他们顶着风向前走了一会儿，然后爸停下来说：“到了，小姑娘。”

罗兰和爸站在一处微微隆起的地面上。铁路路基在他们面前中断了。

工人们正驾着马、拖着犁朝西边开垦道路，割开了一大块草皮。

“他们就是用犁来修建铁路的？”罗兰问。她觉得工人就用犁在从未开垦的土地上修建铁路，真是太不可思议了。

“还用铲土机。”爸说，“你好好看看，罗兰。”

在路基中断的地方和被犁过的土地间，人和马在来回缓慢地走动，马拖着又宽又深的铁铲，这些铁铲就是铲土机。

铲土机上没有装长长的铁柄，而是装了两个短柄。一个半圆形的铁环箍在铲斗两旁，用来套在马背上。

当一个工人牵着马去犁地时，另一个工人就抓住铲土机的两个短柄，把铲土机拎起来，正好让圆形的铲头插进犁过的泥土里。马拉着铲土机向前走时，泥土就装进了铲土机里。然后那个工人放开手柄，铲土机就被平放到了地上。马把装满泥的铲斗一直拉到路基旁。

接着赶马的工人抓住铲土机的柄，把铲土机整个翻过来，把泥土倒干净，随后马拉着空铲斗走回刚才犁过的地上。

只见另一个工人握住铲土机的两根短柄，把它抬高，让铲土机的铲头插进松动的泥土里，直到把铲土机装满了泥土。然后马又拖着铲土机，掉头爬上路基的斜坡，工人再把铲土机翻个，把里面的泥土倒干净。

一队接一队的人马走来走去，泥被装进铲斗里，又被倒出来，这样不停地运转。

在犁过的地方，所有的松土已经全被铲走了，弯弯的道路变得开阔起来。铲土机绕到前面新开垦的地段上，负责犁地的人马又回到已经铲走松土的地方，再犁一遍地。

"这一切就像时钟的钟摆重复做着机械运动。"爸说，"你看，没人闲着，也没人瞎忙活。"

"当一台铲土机装满泥土时，另一台铲土机已经在旁边准备好了，操作铲土机的人便把铲土机装满泥土。铲土机不用等待犁地的工人，因为工人们早就把前面的地犁出来了，等土全都运走后，工人们便马上回过头来犁清理过的地面。他们太棒了，弗莱德是一个优秀的工头。"

弗莱德正站在堆起的土堆上，他监视着马和铲土机来来往往。他看着铲土机翻转，泥土倾倒在地上，有时点点头，或者简单地说上一两个字，告诉工人什么时候应该倒土，这样路基才能铺得平坦、笔直。

在每六组马中，专门有一个人站在那儿照看现场。看到哪组队伍慢了，他就告诉赶马的人快一些。哪组队伍太快了，他就告诉赶马的人得放慢一点儿。要保证每组人马的速度都是平均的，这样他们才可以平稳有序地穿梭在开垦过的路面和路基之间。

三十组人马、三十台铲土机，每四匹马组成一个小组，所有的犁地工人、赶马人和铲土机操作手，各就各位，不会出一点儿差错。就像爸所说的那样，所有的一切就像钟摆一样机械运动，而工头弗莱德就站在路基两旁，镇定自若地指挥着这支庞大的队伍。

罗兰对这一切真是百看不厌。不过，再往西边看去还有更精彩的呢。爸说："跟我来，小姑娘，我们一起去看看工人们是怎么铲土填土的。"

罗兰跟着爸沿着马车的车辙往前走，马车经过的地方，枯草被深深地碾在泥土里。再往西越过一座小土丘，另外一批工人正在修铁路路基。

土丘下的洼地里，工人们正在填土，再往前一点儿，工人们正忙着开凿道路。

"你看，罗兰，"爸说，"在地势较低的地方，他们就垫高地基，地势较高的地方就需要开凿，这样才能造出平坦的路基。铁路的路基必须平整，这样火车才能在上面行驶。"

"为什么呢，爸？"罗兰问，"为什么火车不能爬上土丘呢？"草原上的土丘矮矮的，罗兰觉得费这么多力气去铲平地势高的地方，再垫高地势低的地方，就是为了让路基平坦，实在是有些浪费时间。

"不，这样做会在以后节省劳力的。"爸说，"罗兰，你应该看得出来其中的原因啊。"

罗兰只知道路面平坦可以让马少花力气，但是火车是铁马啊，它怎么会感到累呢？

"你说得没错，可是火车要烧煤啊，"爸说，"煤炭需要人去挖掘开采，那可是个艰苦的活儿。火车在平地上跑，比在颠簸不平的路面上跑要节省很多煤，所以，你看现在要把路面修得平坦一些，虽然既花劳力又花钱，但是以后就会省钱省力了，节约下来的东西就可以用来建造别的东西。"

"建什么，爸？什么别的东西呢？"罗兰问。

"建更多的铁路。"爸说，"我敢肯定，罗兰，有一天，你会看见人人都可以坐火车，到那时候，一辆马车也看不见啦。"

罗兰难以想象处处都有火车和铁路，而且人人富裕得可以坐上火车。

不过，她也没时间细想，因为他们已经到了一块高地上，从那里能看见工人们铲土填土了。

在那个有些凸起的地方，拖着犁的马和拖着铲土机的马一起挖了一道宽沟。马拉着犁来回犁地，而拖着铲土机的马就一直不停地运送着泥土，大家彼此密切配合，有条不紊地工作着。

在这个地方，铲土机绕圈走的是一条长而窄的回形针形的路线。从铲土地段的一端进去，然后从另一头出来，把挖出来的土倒在路旁。

铲土地段的末端有一条深沟，正好用来倒土，它与铲土地段垂直。深沟的两边架着木头，顶上架起了一个平台。平台正中央有个洞，沟两侧的泥土越堆越高，形成了与平台齐平的道路。

在铲土地段，两匹一组的马拖着载满泥土的铲土机走出来，然后爬上泥土堆，穿过平台。经过平台中央的洞口时，两匹马分别从洞口两侧绕过去，这时，铲土机操作工就把泥土倒进洞里。马拖着倒空了的铲土机，继续稳步朝前走，一直走下斜坡，再转过头来，回到铲土地段装土。

平台的洞底下，一队队马车也在忙碌。只要铲土机从洞口上方把土倒下来，下方等候的马车就会把土接住，每辆马车可以装五台铲土机的土。等马车向前移动，后面的马车马上便来到洞下方，等着接土。

大队马车从装土的地方走出来，爬上朝着铲土地段延伸过来的铁路末端的路基，然后把泥土倒在路基上，增加路基的长度。这种马车没有车厢，只是用厚木板拼成了车板。工人只要抬起这些木板，泥土就被倒下来了。然后他们就驾着车往前走，又回到那个平台的下面，等着接上面的大洞里落下的泥土。

犁地、铲土、倒土，这些都会扬起尘土，像烟雾一样从地上腾起，落在那些干活儿的工人和马的身上。工人们的脸和手臂晒得黝黑，还蒙上了厚厚一层尘土，蓝色、灰色的衬衫被汗水浸透了，脏兮兮的，马的鬃毛、尾巴上布满了泥沙，马肚子上也沾满了泥浆。

马拉着犁在地面上来回犁着泥土，铲土机平稳地进出山洞，运土的队伍在倒土的地方和路基之间来来回回。山丘被越挖越深，路基越铺越长，工人和马都在辛勤地工作着，谁也没有停下来偷懒。

"他们居然没有失误！"罗兰惊叹不已，"每次铲土机从上面倒泥土的时候，下面总会有马车接住泥土。"

"那是工头安排得好。"爸说，"他让工人们配合得天衣无缝，就像在共同演奏一首乐曲。你观察一下他们，就会明白这一切是怎么办到的。他真的做得很棒！"

铲土的地方、路基、人马行进的路上，都可以看见工头的身影。他们监督着工人和马的工作，让他们步调一致地前进。有时他

们让一匹马走慢一点儿，有时候又让马快一些。这样就能保证不需要浪费时间等待。

罗兰听见一个工头站在铲土的高地上大声叫嚷："兄弟们，加把劲，再干快一点儿！"

"你看，"爸说，"现在快到收工时间了，工人们都放慢了速度，一个好工头是绝不允许这种情况发生的。"

罗兰和爸看着这些绕着圈子干活儿的工人和马，看他们怎么修建铁路，不知不觉，一下午就过去了。该回商店和小屋去了，罗兰恋恋不舍地看了最后一眼，然后跟着爸往回走。

回家的路上，爸给罗兰指了指排成一条直线的木桩，上面都写有数字，用来标示铁路路基的位置，是测量人员钉下的。木桩上面的数字告诉筑路队地势低洼的地方路基要筑多高，以及山丘应该挖多深。在这些铁路工人到来之前，测量人员已经丈量了土地，并精确地标识了路基的参数。

起初，修铁路只是一个人的设想，于是测量人员便来到这个荒凉的地方，为一条根本不存在的铁路测量各种数据。随后，犁地的工人把草原上的泥土翻过来，铲土机跟着来挖土，然后马车把泥土运走。这些工人都说是在铁路上工作，可是这时候根本看不到一点儿铁路的影子。现在能看见的只有草原土丘上挖出的凹地，那一段一段路基实际上仅仅是一些很窄很短的长条土堆，横亘在大草原上，一直向西面延伸。

"等路基铺好后，"爸说，"铲土的工人们会带来手铲，把路基的两侧用手铲铲平，把地面弄得平平整整。"

"然后，他们就要铺铁轨了。"罗兰说。

"哪有这么快啊，小姑娘。"爸笑了笑说，"在铺铁轨前，先得把枕木运到这里来。罗马不是一天建成的，铁路也不是一天就修好的，任何事情都是这样，不能太心急。”

太阳已经落下去了，草原上的土丘向东面投下了阴影。在灰蒙蒙的天空上飞着成群的野鸭和排成人字形的雁群，纷纷落到银湖上，准备过夜。一股清新的风吹来，拂过脸颊，罗兰把遮阳帽挂在背后，壮阔的大草原一览无余地呈现在眼前。

现在，草原上虽然还没有铁路，但总有一天，平坦的路基上会架起长长的铁轨，火车会喷着蒸汽，鸣着汽笛，飞驰而来。罗兰的眼前仿佛真的出现了铁轨和火车。

突然，罗兰问：“爸，第一条铁路就是这样建造出来的吗？”

“你说什么？”爸问。

“铁路还没出现的时候，人们是先想到要修一条铁路，于是才有了铁路，是吗？”

爸想了想，说：“没错。是因为人们先想到了一样东西，然后才去动手完成。如果人们都在构想同一样东西，并且全身心地投入，我想，外在条件允许的话，它很快就会变成现实。”

“那栋房子是干什么用的，爸？”罗兰问。

“什么房子？”爸问。

“那栋房子，一栋真正的房子。”罗兰说着，用手指了指那栋房子。她一直都想问问爸，那栋孤零零地矗立在银湖北岸的房子是用来干什么的，可每次都忘了。

“那是测量人员住的房子。”爸说。

“他们现在住在里面吗？”罗兰问。

“他们经常外出，现在不一定在。”爸说。这时他们已经走到了商店门前。“快回家吧，爱操心的小姑娘。我还要做账呢。你现在已经知道铁路路基是怎么建成的了，回到家把这一切好好讲给玛丽听吧。”

"好的，爸！"罗兰答应道，"我保证会把看见的全讲给她听，一点儿也不漏掉。"

罗兰把看到的一切都讲给玛丽听了，但是玛丽只说："我真弄不明白，罗兰，你为什么去看那些在尘土里干活儿的粗人，待在家里多么舒适和干净啊，在你出去闲逛的时候，我已经缝好了一条拼布被子。"

但是，罗兰的眼前仍然频频浮现出那些工人和马匹有条不紊的工作场景，她甚至可以哼唱出他们劳动时的调子。

第十一章
发工资的日子

两个星期过去了，爸每天吃完晚餐之后都要回到商店去加班，他在算工人们的工资。根据每天的考勤表，爸要算出工人该得的工资，然后再算出他们在商店的消费，还有食宿开销，把这些钱从工资里一一扣除，剩下的就是他们的工资了。

到了发工资那天，爸就会根据对账单把每个人应得的工资发下去。以前，罗兰一直是爸的好帮手。她还是个小女孩的时候，他们住在大森林里，她就帮爸做过子弹。后来搬到印第安区，她又帮着爸盖房子。再后来一家人搬到梅溪，她就每天帮爸割干草、做杂活儿。但是到了银湖她就帮不上忙了，因为爸不让她去办公室那边，公司有规定，除了爸之外，不准任何人出入那间办公室。

罗兰知道爸正在忙什么，因为从棚屋的门口就能把商店看得一清二楚。她还能看到工人们进进出出。

一天早上，罗兰看见一辆马车飞快地行驶过来，停在了商店门口。从车上走下来一个穿着体面的男士，他快速地走进商店，车上还有两个男人，他们注视着那个男人走进商店，还不时地四处张望，一副紧张害怕的样子。

没一会儿，那个走进商店的人就出来了，上了马车，然后就催促着马车离开了。罗兰感觉是出了什么事情，于是她冲出小屋，向商店那边跑去，当她看见爸从商店里走出来，她才停下脚步，松了口气。

"罗兰，你这是要去哪儿？"妈在她身后大声喊道。

"哪也不去，妈。"罗兰回答。

这时候爸快速地走进屋，关好门之后从衣服口袋里拿出一个厚重的小包。"卡洛琳，替我好好地保管好，里面装着工人们的工资。有些人想要偷这些钱，肯定会去商店的。"爸对妈说。

"好的，查尔斯，我会看管好的。"妈说着便接过那包钱，然后用一块干净的布包了起来，把它放进了面粉袋里，然后用面粉盖好，"你看，没有人会想到我们把钱藏到了这里。"

"爸，刚刚那些人是来送钱的吗？"罗兰问。

"是的，送钱的那个是出纳员。"爸说。

"跟着他一起来的人，看上去非常害怕呢。"

"罗兰，我可不这么看。他们是在保护出纳员，以免钱被打劫了去。"爸说，"他们带着好几千美元呢，这可是整个营区工人的工资，所以可能会有人想去抢这笔钱。不过，送工资过来的人都带着枪，马车上也有枪，没必要害怕。"

爸又回商店去了。罗兰看到他腰间别着左轮手枪，她知道，爸有了这支枪，也不用害怕了。罗兰又看了看爸放在门边上的来复枪，还有屋子角落里的猎枪，妈会用，所以她们也不用害怕有人会来抢钱。

晚上睡觉的时候，罗兰醒了好几次。她听到帘子那边的爸也在不停地翻身，知道他也没有睡安稳，因为那几千美元就放在家里呢。这个夜晚似乎格外漫长，外面的一切声响听着都很可疑，不过话又说回来，谁会想到钱藏在面粉袋里呢？

第二天就是发工资的日子了，爸带着那些钱去了商店。吃过早餐之后，工人们都来到了商店，一个接一个地走进去，再一个一个地出来。工人们趁着今天不用上工，都聚在一起聊天。

吃完晚餐之后，爸说他还要回商店一趟，因为有些工人不明白他们为什么只拿到两个星期的工资。

"怎么会这样呢？"罗兰也有些好奇，"为什么他们拿不到一个月的工资呢？"

"罗兰，你瞧，我整理好对账单和考勤表，送到公司去审核，再由出纳带着工资过来，这需要花上一段时间。我现在给他们发的是十五号之前的工资，等两个星期之后，会再给他们发十五号之后的工资。不过，很多工人似乎搞不清楚这些，他们就是不明白为什么还要等两个星期，他们就是想要拿到算到昨天的全部工资。"

"查尔斯，别担心，"妈说，"反正他们是怎么也不会明白的。"

"爸，他们不会把责任推到你身上吧？"玛丽问。

"这就是让我最头疼的地方。"爸说，"玛丽，我也不知道他们会不会把这笔账记到我头上。不过，我还是得回办公室一趟，有些账目还没有整理好。"

爸出门了，罗兰她们开始收拾碗碟和餐桌，妈抱着格蕾丝，哄她睡觉，卡琳就坐在妈旁边。玛丽和罗兰忙坐在门口，罗兰看着远处的阳光从湖面上一点点消失，太阳慢慢地落下去，她把看到的一切都告诉了玛丽。

当最后一缕霞光照射在银湖上的时候，水面已经变得有些模糊了，野鸭和大雁在银湖上栖息，远处的草原漆黑一片，夜空中出现了星星。爸办公室里的油灯亮了起来，投射出一团暖色的光。突然有一群人出现在商店附近，罗兰紧张地大喊："妈，你快来看！"

原来是一群工人悄悄地走过来，他们没有一个人说话，走在草地上几乎都没有声音，但人却越来越多。妈连忙起身，把格蕾丝放到床上，走到门口，越过罗兰和玛丽的头往外看。接着，对她们说："孩子们，快，快进屋来！"

她们赶快进屋，然后关上门，只留了一点儿缝向外张望着。玛丽和卡琳坐到了椅子上，罗兰和妈走到门边向外看。

那群人把商店围得严严实实的，有两个人从人群中走出来，这时候所有人都安静了下来，整个黄昏好像都已经静止了一样。接着，又响起了一阵敲门声，一个人喊着："英格斯，开门！开门！"

爸打开了门，灯光从门口投射出来，他就站在灯光里，然后关上了门。那两个叫门的人退到了人群里。爸站在台阶上，双手插在口袋里，平静地问："伙计们，有什么事吗？"

人群里传来一个声音："我们要拿回所有的工钱。"

其他人也跟着附和。"对，我们要拿回自己的工钱。""你把我们两个星期的工钱私吞了吧？快交出来！""我们要自己的工钱！"

"你们还得再等两星期，我把对账单和考勤表整理好就可以发给你们工资了。"爸说。

"可我们现在就要！""对，别想拖欠下去！""我们现在就要领工钱！"工人们大喊着。

"我现在给不了你们，"爸说，"必须要出纳拿钱过来才有钱发给你们，不然我哪里有钱给你们呢？"

"你把商店的门打开！"有人突然喊道，于是所有人也跟着喊了起来，让爸赶快开门。

"伙计们，商店的门现在不能打开，"爸说，"你们明天早上再来，那时候你们会买到自己想要的东西，但是一律上账。"

"你要是再不打开商店的门，我们可就要自己动手了！"不知是谁大喊一声，人群顿时沸腾了起来，工人们纷纷向着商店涌去。

罗兰想冲出去帮爸，但是被妈拉住了。"妈，你让我过去吧，他们会伤害爸的！快让我出去！"罗兰像哭了一样尖叫着。

"罗兰，别闹了！"妈用从未有过的严肃语气说。

"伙计们，退后些，别靠得太近了。"爸说。罗兰听到了爸冷冰冰的声音，她全身都在发抖。

这时候人群里又传来了一个声音："伙计们，这是怎么了？"这声音沉稳而有力，虽然不够响亮，但足以引起所有人的注意。罗兰知道那肯定是大个子杰瑞。她看不清他的红衬衫，但是依稀可见一个高高的身影，足足比身边的人高出一个肩膀，只有大个子杰瑞才有这样的身高。在人群外边的暮色中，有个白色的影子，应该就是他的白马。那群人看到杰瑞来了，就窃窃私语起来。杰瑞哈哈大笑着说："你们这些傻子，为什么这么生气？值得吗？你们不就是想从商店里拿点儿东西吗？那真是再简单不过了，明天你们就可以想拿什么就拿什么，那些东西一直就在商店里，又没人会搬走它们，谁也别想拦住我们！"

大个子杰瑞又说了些粗话，里头还夹着些脏话，罗兰从来都没听过。后来罗兰几乎听不进去了，她觉得自己都要崩溃了，因为大个子杰瑞居然和别人一起成了爸的敌人。她感觉一切都像一个盘子摔到了地上，碎成了千百片。

现在，那些工人都以杰瑞为首了，围着他热烈地聊着天。杰瑞大声叫了几个人，让他们一起去喝酒打牌。

妈关好门，说："好了，孩子们，赶快去睡觉吧！"

罗兰乖乖地躺到了床上，不过身体还在发抖，她没听到爸回来，营区那边传来一些粗野的吵闹声，偶尔还有唱歌的声音。罗兰想在爸回来之前，她肯定是睡不着了。

罗兰再次睁开眼睛的时候，已经是第二天的早上了。

太阳从银湖的另一边升起，天边挂起了红色的云彩。银湖在早上的阳光下变成了玫瑰色，喧闹的野鸟纷纷从湖面上扑闪着翅膀飞起来。营区里一片嘈杂，工人们在食堂外面嚷嚷着什么。

罗兰和妈从屋里向外望去，她们听到大个子杰瑞大喊了一声，随即翻身上马。"嘿，伙计们，一起去找找乐子吧！"白马高昂着头，原地打了个转，又猛地拔起前蹄。大个子杰瑞吆喝一声便奔向西边。工人们立刻冲进马厩，没一会儿，一个个都骑上了马，跟随杰瑞而去，瞬间不见了踪影。

营区里顿时安静了下来。"没事了。"妈说。

爸走出商店，去了食堂那边，正巧工头弗莱德从食堂里走出来，两人聊了一会儿，然后弗莱德去马厩牵了一匹马，骑着向西边跑去了。

爸走回小屋，脸上笑眯眯的，妈说她不知道这有什么好笑的。

"多亏了大个子杰瑞！他带着工人们去别的地方捣乱去了！"

"他们去哪儿了？"妈问。

"所有的工人都去斯坦宾营区了，那里发生了暴动，情况很糟糕。的确，这也没什么值得开心的。"爸平静地回答。

这一天的营区实在是安静极了。罗兰和玛丽没有出去散步，她们不知道斯坦宾营区发生了什么，也不知道工人们什么时候会回来。一整天里，妈都表现得非常焦虑，嘴唇抿得紧紧的，还时不时地唉声叹气。

到了晚上，工人们都回来了，却比走的时候安静很多，在食堂吃过晚餐之后，就纷纷回到工棚睡觉去了，没有再继续闹事。

爸从商店回来的时候，罗兰和玛丽还没睡着，她们躺在床上听着爸妈在另一边说话。

"卡洛琳，不要担心了，"爸说，"工人们已经发泄完怒气，不会再有事了。"爸说着，打着哈欠，脱下了长靴。

"他们怎么闹事的？查尔斯，没有人受伤吧？"妈问。

"他们把出纳员吊了起来，"爸说，"有一个人受伤了，已经被人用运送木材的马车送去东部就诊了。卡洛琳，你就别担心了，感谢上帝，我们平安地度过了这一劫，这些糟糕的事情总算是告一段落了。"

"事情结束了，但想想都觉得后怕。"妈的声音有些颤抖。

"过来。"爸说。罗兰知道，这会儿爸和妈应该是坐到一起了。"好了，卡洛琳，别多想了。"爸说，"路基很快就修好了，到时候营区里的工人都会搬走的，营区也会关闭。明年夏天，我们就能搬到自己的放领地去住了。"

"那你什么时候能挑好放领地？"妈问。

"等营区的工人搬走我就去选，在那之前，我不能离开商店，这你是知道的。"爸说。

"嗯，我明白，查尔斯。那个出纳员最后怎么样了？"

"出纳员没事。"爸说，"斯坦宾营区的情况跟咱们这里差不多，商店后面就是办公室，后面只有一个门可以出入，出纳员拿着钱在里面，把门锁好之后，就通过门边的一个小窗口为工人们发工资。"

"斯坦宾营区里一共有三百五十多个工人，他们和这里的工人一样，想拿走所有的工钱。出纳员只发给了他们十五号之前的工资，所以他们一下就愤怒了，拿着枪冲进了商店，大声嚷嚷着要领全部的工资，不然就会开枪毁了整个商店。"

"工人们在商店里情绪十分激动。有两个人吵了起来，其中一个人抓起秤砣砸到另一个人的脑袋上，被砸的那个人就倒在地上了。工人们拖着他走出商店的时候，发现他已经不省人事了。"

"于他们是找了一根绳子，去追打人的那个人，一直跑到大沼泽里，结果在深草丛里跟丢了。他们在草丛里找了一阵，最后还是没找到他。等工人们回去的时候，商店的门已经锁上了，他们进不去了。于是有人张罗着，把受伤的人装上了马车，送往东部那边去医治。"

"就在那个时候，周围营区的工人们都聚到了那里。他们在食堂里吃了所有的东西，还喝了很多酒，借着酒劲，他们就开始闹事了。他们砸了商店的门，还让出纳员把工钱都发给他们，但里面始终没有人出来。"

"有人看到了刚刚准备的绳子，于是大喊着要把出纳员吊起来。你可以想象，一千多个喝醉的酒鬼聚在一起会做出什么事来。他们都扯着绳子，喊着：'吊死出纳员，吊死出纳员！'"

"再后来，有两个工人爬上了房顶，砸了个洞，把绳子的一端顺着房顶的边缘放下去，让其他人抓住，然后两个家伙从屋顶跳到出纳员的身上，用绳子套住了出纳员的脖子。"

"天啊，查尔斯，别说了，孩子们还没睡着呢。"妈说。

"事情的经过就是这样，他们把出纳员吊起来两次，出纳员就屈服了。"

"他们没有吊死他？"

"没有，门外的工人们砸商店的门，店员打开门之后，办公室里的人救下了出纳员。出纳员当时被吓傻了，他赶忙打那个窗口，那些人说多少钱，他就马上给多少钱。许多从其他营地赶来的人也挤进去拿了钱。那时候场面特别混乱，谁也顾不上对账之类的了。"

"他怎么这么不负责任啊！"罗兰大声说。爸拉开了帘子，"他真是胆小怕事，要是我的话，决不会乖乖交钱出去的，决不会这么不负责任！”

罗兰愤怒地大喊大叫，爸妈都插不上嘴。她跪坐在床上，拳头紧握着，生气极了。

“你决不会做什么？”爸问。

“不会付钱给他们啊！他们没法让我付钱！你不是也没被他们吓倒吗？”

“那边发生的骚乱比我们这儿要严重得多，更何况那个出纳员没有大个子杰瑞相助。”爸说。

“要是换做你，你就不会给钱的，爸！”罗兰说。

“嘘！”妈提醒他们小声一点儿，“你们会把格蕾丝吵醒的。其实我觉得那个出纳员非常明智，好汉不吃眼前亏啊！”

“哦，不，妈！这不是你的心里话。”罗兰低声说。

“不管怎么说，有勇有谋才是上策。孩子们，睡觉吧。”妈小声说。

“可是妈，他拿什么钱付给他们呢？他不是已经把工人们的工资发出去了吗？那后面这些钱是怎么回事呢？”玛丽问。

“是啊，查尔斯，钱是从哪儿来的呢？”问。

“那都是商店里卖东西的钱，那个商店大着呢，早就赚很多钱了。工人们赚钱快，花钱更快。”爸说。“孩子们，听妈的话，都赶快睡觉去吧。”说完，爸就拉上了帘子。

罗兰和玛丽也躲进了被子说着悄悄话，一直到妈熄灭了油灯。玛丽说自己很想回梅溪去，她一点儿也不喜欢这里。罗兰静静地听着，但没吱声，因为她很喜欢这里，喜欢屋子周围的大草原。她仿佛又听见了那群闹事的工人凶恶的咆哮声，还有爸应对时那冰冷的声音，不禁心跳加速。她还想起了那天工人们在飞扬的尘土中挥汗如雨的景象，真是激动人心。她真是再也不想回梅溪了。

第十二章
银湖上的野鸟

气温一天天下降，一群群鸟从空中飞过。这些鸟从东飞向西，从北飞向南，天空中都是振翅高飞的鸟。

每天晚上，很多小鸟都会降落在银湖上过夜。有灰雁，还有稍小一些的雪雁，好似一团白雪一样。野鸭的种类也有很多：翅膀上带有青紫色条纹的大个子绿头鸭、红头鸭、蓝嘴鸭、短颈鸭，还有很多爸叫不上名字的野鸭。除了这些，还有苍鹭、塘鹅和黑色的花嘴鹈鹕。每当有枪响，它们就一头扎进水里去了。它们能在水里潜水很久，也不用出去换气。

每到黄昏时分，银湖湖面上就落满了各种各样的鸟，叽叽喳喳地叫着。鸟群在银湖上休息一晚上，第二天一早就会启程，继续往南飞。因为冬天就要来了，这些鸟都收到了冬天的讯息，所以才早早地上路，以便旅途中可以稍作休息。

一天，爸去打猎，回来时候手里提着一只雪白的大鸟。"看，卡洛琳，"爸神情有些严肃，"我感到非常抱歉，因为我当时没有认出来，否则绝不会开枪的。这是一只天鹅，它太美了，真是可惜。我当时真不知道，以前从来没有见过飞翔的天鹅。"

"查尔斯，你别难过了，现在怎么伤心也没用。"妈说，一家人忧伤地看着地上被打死的天鹅，心里都有些难过。"这样吧，查尔斯，"妈说，"我来拔毛，你来剥皮，我们把天鹅美丽的羽毛留下来做纪念吧。"

卡琳在一旁惊讶地说："这只天鹅比我还大呢！"这是真的，爸特意量了量这只天鹅，发现一对雪白的翅膀张开的话有八英尺①宽。

有一次，爸打回来一只鹈鹕。他掰开鹈鹕的嘴巴，有几条死鱼从鹈鹕的嘴巴下的皮囊里掉下来，一股臭气也跟着冒了出来。妈立刻用围裙捂住了嘴巴和鼻子，在旁边看着的卡琳和格蕾丝也紧紧

_____

① 1 英尺 =0.3048 米。

捏住鼻子。

"查尔斯，快把它扔了吧！"

鹈鹕的皮囊里装着的鱼有的是新鲜的，有的则已经在里面待了很长时间，弄得鹈鹕满身都是臭味，连羽毛都是臭的，不能用来做枕头了。

爸那段时间几乎每天都去打猎，除了美味的野鸭和大雁之外，有时候还能打到鹰呢，罗兰和妈每天都会把爸的猎物收拾好。

"罗兰，咱们很快就攒够羽毛了，到时候就可以做一床羽绒被了。"妈说，"这样你和玛丽今年冬天就能能睡在温暖的羽绒被里了。"

在这个美丽的秋天，天空中飞满了鸟，它们掠过湖面展翅高飞。无数的大雁群、野鸭群和别的鸟类，都在扇动着强劲的翅膀向南方飞去。这样清爽的天气、振翅高飞的鸟和金色的时节都让罗兰想去旅行。她也不知道去哪里，只是想出去走走。

"爸，我们搬到西部去吧！"一天晚饭后她突然说，"等亨利叔叔他们去西部的时候。我们也一起搬过去吧，好不好？"

亨利叔叔一家在这个夏天挣了很多钱，所以他们有足够的钱去西部。他们打算先回到威斯康星大森林那里，卖掉自己的小屋和农场，等到第二年春天，他们就会和波丽婶婶一起去蒙塔纳。

"我们也去吧！"罗兰说，"爸，您今年不也挣了三百元吗？我们还有马和马车，完全可以去西部啊！"

"天啊，罗兰，"妈说，"可是……"她看着罗兰，不知道说什么才好。

"我的小姑娘，我知道你在想什么。"爸和蔼地说，"你跟我真是太像了，看到大雁南飞就动了远行的念头。但我在很久之前就答应过你妈了，过段时间就要送你们去上学。如果咱们搬到西部去，你们就上不了学了。这里以后会建成一个小镇，然后就会有一所学校。我选上一块放领地，咱们定居下来，你们就可以安安心心去上学了。"

罗兰看了看爸妈，知道这个事情已经定了下来，没办法再改变了。爸妈会待在放领地上，她和卡琳就要去上学了。

"罗兰，总有一天你会明白我为什么这么做的。查尔斯，你也一样。"妈说。

"卡洛琳，只要你开心，怎么都可以。"爸说。这句话是真的，不过罗兰知道其实爸也很想去西部。罗兰接着去洗晚餐用的碗盘了。

"罗兰，"爸叫住她，"还有一件事要跟你说。你妈以前当过老师，你的外婆也是老师，妈希望女儿们中有一个能在学校教书。我想，你比较适合，所以你一定得去上学。"

罗兰听了，心跳有些加快，然后她觉得一颗心一直跌到了深不见底的深渊里。但是她没有说什么，心里暗暗想着，以前爸妈是希望玛丽当老师的，但是现在她的眼睛看不见了——而且……"哦，不！我不！"罗兰心里想着，"我不想当老师！我根本就做不到！"但是她又暗暗告诫自己："你必须这样做！"

她不能让妈失望，她要像爸说的那样好好读书，长大了去做一名老师。除此之外，罗兰想不出她还能怎样挣钱。

第十三章
混乱的营区

已经是深秋了，辽阔的大地在天空下起伏，变幻着柔和的色调。野草也变成了黄色，草原像是换上了五彩的被褥，有浅色黄、深黄色、棕褐色、灰色。只有大沼泽那边还呈现一片深绿色。天空中的鸟越来越少，一群群都非常着急地赶路。日落时，常有一群野鸟飞过银湖上空，叽叽喳喳地叫唤着。尽管诱人的水面强烈地吸引着它们，可它们却不肯落在湖面上歇歇脚。领头的野鸟飞累了，落到队伍后面，另一只野鸟马上会顶替它的位置，继续向南飞去。因为寒冷的冬天就要来了，它们根本没有时间休息。

早上都开始结霜了，傍晚也会吹起凉飕飕的风。罗兰和琳娜又约着一起去挤牛奶。她们都用别针固定好了围巾，但脚上没有穿鞋子，所以她们还是很冷，鼻子也冰凉的。不过，她们挤牛奶的时候会蹲下去，这样围巾也能盖一下双脚，会暖和许多。她们一边挤奶一边唱：

可爱的姑娘你去哪儿？
先生，我去挤牛奶。

可爱的姑娘，

我想和你一起去，

哦，要是你愿意，我会很高兴。

可爱的姑娘，你有多少嫁妆？

我的美貌就是最好的嫁妆，先生。

那我不能与你结婚，可爱的姑娘。

没人让你娶我，先生。

"我猜，我们很快就要分别了，而且会很长时间都见不着了。"一天傍晚，琳娜对罗兰说。

现在银湖地区的铁路路基工程就要结束了。第二天一大早，杜西亚姑姑就带着琳娜和约翰走了。他们要趁着天黑的时候离开，因为他们打算带走三辆马车，并装满了商店里的东西。他们没有跟任何人说打算去哪，因为他们怕公司派人追他们。

"真希望我们还有机会一起骑小黑马。"罗兰说。

"他妈的！"琳娜大声说了句粗话。"夏天总算是结束了！我真是太讨厌这个营区了。"她挥舞着牛奶桶说，"这下可好，我们再也不用做饭了！再也不用洗碗了！再也不用洗衣服了！再也不用擦地板啦！"然后她对罗兰说："罗兰，再见了，我想你会一辈子都住在这里了。"

"我想是这样的。"罗兰有些伤心地说。她知道，琳娜就要去西部了，没准还会去俄勒州。

第二天，就只剩罗兰自己挤牛奶了。杜西亚姑姑运走了一马车燕麦，琳娜装了一马车商店的货物，而约翰的车上装了铲土机和犁具。海依姑父暂时留在这里，等着与公司交接，然后再去找杜西亚姑姑他们。

"要是她们拿走的东西都记在海依的账上，那他就欠公司一大笔钱了。"爸说。

"查尔斯，那你怎么没阻止她们呢？"妈问。

"这不归我管。"爸说，"我的职责就是让承包商拿他想拿的东西，然后记在他们的账上。卡洛琳，你就别担心了，他们并不是偷，这些东西还抵不过海依在这儿还有苏河营地应得的收入呢。公司用一种方式欺骗了他，而他只是用另一种方式拿回应得的而已，就是这样。"

"好吧。"妈叹了口气，"等到这个营区的人全部搬走，我们就能过上安稳日子了，我的心里就踏实了。"

接下来的日子，营区里每天都有工人结算了工资然后离开，去往东部。到了晚上，营区里静悄悄、空荡荡的。有一天，亨利叔叔带着路易莎堂姐和查理堂哥也离开了，他们要先回到威斯康星大森林去。食堂和工人们住的工棚已经没有人了，商店也空了，爸一直在等着公司的人来核对账目。

"我们得搬到东部去过冬。"爸说，"这个小屋根本不能抵挡严寒，就算公司允许我们住在这儿，就算有煤，那也是不行的！"

"可是，查尔斯，你都没有申请到放领地呢。"妈说，"要是必须要花一大笔钱来过冬，那我们就在这里坚持一下吧。"

"我知道，但也没有别的办法了。"爸说，"在搬走之前，我会选好放领地的，明年春天就提出申请，没准到明年夏天我还能找到一份工作来养家。那样的话，我们就能买一些木料，搭个棚屋。不过就算是这样，我们还是得花掉几乎所有的积蓄呢，因为这里的生活用品和煤炭的价格都太高了，我们还是搬走吧！"

罗兰觉得后面的日子真是太难了，她想让自己乐观一些，但是很难做到。她不想离开银湖，他们已经在这里生活这么久了，她想一直住在这里，而不是被迫搬走。不过如果必须要搬走的话，那也是没有办法的，到了明年春天再搬回来。

"罗兰，你怎么了？不舒服吗？"妈问。

"没事，妈。"罗兰说。但是她心情很沉重，无论怎么说服自己，也无法振奋起来。

公司已经派人来查过爸的账目。一批西部过来的马车经过这里，据说这是最后一批了。银湖也看不见什么鸟了，天空中只有偶尔飞过的苍鹭，显得空荡荡的。罗兰和妈一起补好了马车的顶棚，还烤了许多路上吃的面包。

有天晚上，爸一路吹着口哨，像一阵清风似的回到小屋。"嗨，卡洛琳，我们要不就留在这里过冬吧？"他大声喊着，"我们可以住进测量员的房子里！"

罗兰听了兴奋地大叫："啊，爸，我们能住进去吗？"

"当然能啦！要是你妈同意的话。"爸说，"那间房子非常坚固，能很好地抵挡严寒。刚刚测量员的领导去了商店，说他们本来打算在这里过冬的，所以储存了很多过冬的食物和煤炭。要是我愿意留在这里看管公司的东西的话，他们就出去过冬。而且公司也同意了！"

"他还说房子里储备了足够的面粉、豆子、腌肉还有土豆，甚至还有罐头，最重要的是，有很多的煤炭！如果我们愿意留下来看房子的话，就可以免费使用这些东西！我们的马和牛可以关在马厩里。我跟他说，明天一早会给他回话。你想留下来吗，卡洛琳？"

这时候全家人都在看着妈，想听她的意见。罗兰简直太兴奋了，都有点儿站不住了，能留在银湖过冬了！不用回东部了！妈有点儿失望，因为她很想回到东部有人定居的地方去。但是妈说："查尔斯，这听起来挺好的，你说那里有煤？"

"是的，如果没有煤炭的话，我肯定不会考虑留下来的。"爸说。

"嗯，咱们先吃饭吧，要不然饭菜都凉了。"妈说，"这听起来是个不错的选择，查尔斯。"

吃饭的时候，他们一直在讨论这件事情，想着以后的日子能住在一间温暖舒适的屋子里，真是太让人期待了。现在的小屋，尽管屋门紧闭，而且屋里生着火，可还是很冷，凉风嗖嗖地从门缝里吹进来。

"要是住在那间小屋里，我们就会有一种很富有的感觉，不是吗？"罗兰欢快地说。

"罗兰，这句话应该说成'难道不是吗？'"妈说。

"哦，难道不是吗？妈，你想啊，屋里储备了那么多过冬的东西。"罗兰说。

"明年春天到来之前，我们几乎不用花钱了。"爸说。

"是的，罗兰，确实会让人觉得很富足呢！"妈终于绽开了笑容，说，"查尔斯，你说的对，我们要留下来，这真是难得的机会。"

"可是，卡洛琳，我还有点儿担心，"爸说，"虽然留在这里可以省很多钱，但也有一些坏处。我们留在这偏僻的地区，还是会有点儿麻烦的。最近的有人居住的地方是布鲁金斯，离这里有六十英里远呢！要是我们有什么事情的话……"

这时屋外传来砰砰的敲门声，吓了他们一大跳。爸打开门，说了一声"请进"，一个高个子男人推门走进来。他穿着厚厚的大衣，还围着围巾。他留着短短的黑胡须，两颊红彤彤的，眼睛乌黑发亮，就像在印第安保留区见到的那个婴儿的眼睛。罗兰永远也忘不了那双乌黑闪亮的眼睛。

"嗨，波斯特！"爸说，"快到炉火边来，今天晚上太冷了。这是我的太太和女儿们。波斯特先生已经在这儿登记了一块放领地，他一直在铁路上工作。"

妈搬来一把椅子放在炉火边，请波斯特先生坐下。他伸出手烤着火，其中一只手还缠着绷带。妈关心地问道："你的手受伤了吗？"

"只是扭了一下，"波斯特先生说，"不过，烤烤火就好多了。"他转过身对着爸说："我需要你帮我，英格斯。你还记得我卖给皮特一匹马吧？当时，他只付了我一部分钱，说等下次领到工资就把剩余的钱给我。可是他一直拖着迟迟不给，现在我怀疑他带着马偷偷溜走了。我得去把他追回来，可他和他的儿子在一起，他们可能会打我。我可不想一人对付他们两个家伙，而且我的手还受着伤。"

"我们有足够的人手去解决这件事的。"爸说。

"我不是这个意思，"波斯特先生说，"我不想惹麻烦。"

"那我该怎么帮你呢？"爸问。

"我是这么想的，在这儿，既没有法律来维护债权人的利益，也没有警察和政府。不过，对于这一切，皮特也许并不知情。"

"啊！"爸惊讶地说道，"你想让我做一些文件警告他？"

"我已经找到一个伙伴，可以假扮警长去找他们。"波斯特先生说。他和爸的眼睛都很亮，只是他的眼睛又小又黑，爸的眼睛又大又蓝。

爸拍着膝盖大笑起来。"这太搞笑了！幸好我手里还有一些法律信函纸。我来帮你起草文件，波斯特，你去把警长找来。"

波斯特先生匆匆走了，妈和罗兰赶紧收拾好桌子。爸趴在桌子上，在印着红线的纸上写字。

"好了，"过了一会儿，爸说，"这看着像是一份极其重要的文件，文件写完了，人也该到了。"

不一会儿，波斯特先生又来敲门了。跟他一起来的男子穿着一件大衣，帽檐低低的，脖子上裹着一条围巾，捂住了嘴巴。

"拿去，警长！"爸对那个男子说，"这是拘捕令，请以法律的名义，把马或者钱要回来，不管死活。"他们哈哈大笑起来，笑声似乎把小屋都震动了。

爸看着那个包裹得很严实的男人，说："今晚很冷啊，祝你们好运，警长！"

客人离开后，爸才停止了笑，对妈说："我敢打赌那个假扮警长的人肯定是测量员的领导！"他用力拍了拍大腿，又开心地大笑起来。

夜里，波斯特先生和爸的说话声吵醒了罗兰。波斯特先生在门前说："我看见你家里的灯还亮着，所以就顺路过来告诉你，这一招管用了。皮特先生吓坏了，他把钱和马都交出来了。他这么害怕法律，还算识相。这是给你的报酬，英格斯。测量员的领导不肯拿，他说参与这件事的乐趣远远胜过这笔报酬。"

"你把他的那份拿着吧，"爸说，"我只拿我的这一份。本法庭的尊严必须维护！"

波斯特先生放声大笑，罗兰、玛丽、卡琳和妈也都忍不住笑出了声。爸的笑声像洪钟一般响亮，听上去让人感到温暖快乐。波斯特先生的笑声却让每个人都忍俊不禁。

"嘘，小声点儿，不然会吵醒格蕾丝的。"妈说。

"什么事情这么好笑啊？"卡琳问。她刚从睡梦中醒来，就听见了波斯特先生的笑声。

"那你在笑什么呢？"玛丽说。

"波斯特先生笑得太有趣了。"卡琳说。

第二天，波斯特先生来到家里吃早餐，因为营区拆了，所以食堂也不开了，除了罗兰家里，他找不到别的地方吃饭了。测量员也在这一天驾着马车走了，最后一批马队也走了。波斯特先生是最后一个走的人，因为他的手受伤了，现在还不能驾驶马车。不过他仍然上路了，因为他要赶回爱荷华州结婚。

"如果你们一家人留在这里过冬，我也想把我的妻子带到这儿过冬。不过我们得赶在冬天来临之前就结婚。"波斯特先生说。

"你们要是也能来，那就太好了，波斯特。"爸说。

"是啊，有你们一起，我们会非常高兴的。"妈也高兴地说。

他们一起送波斯特先生驾着马车离开，一直听着车子的颠簸声消失在去往东部的路上。

现在，草原上就真的再没有别人了，阴冷的天空中，连一只飞鸟都看不到。

波斯特先生的马车慢慢消失了，爸牵着马走到门口，大声说："卡洛琳，快来吧！整个营区就剩我们一家了，今天是搬家的好日子！"

第十四章
测量员的房子

测量员们居住的房子离罗兰家的小屋很近，不到半英里，所以罗兰他们稍微收拾一些必需的东西就可以了。罗兰有些等不及去看房子了。她帮着把所有东西都整齐地装进马车，等玛丽、卡琳和格蕾丝都上了马车，然后对爸说："爸，我能先过去看看那个房子吗？"

"罗兰，你应该说'可不可以'才对。"妈说，"查尔斯，你不觉得她……"

"没事的，卡洛琳，不会有什么事的，"爸说，"她不会跑远的，我们都能看到她。你就沿着银湖岸边走过去吧，小姑娘。卡洛琳，你放心好了，小羊摆尾巴的时间，我们就到那里了。"

罗兰欢快地往前面跑去，风吹起她的围巾，冷风像是钻到了她的身体里。开始的时候她觉得冷，不过随着奔跑，她很快就浑身发热了。她边跑边呼吸着新鲜又寒冷的空气。她从之前建设营区时开垦过的土地上跑过，草丛现在已经枯萎，脚底下的土地变得既坚硬又粗糙。这里一个人都看不到，整片的大草原，无边无际的天空，风轻轻地吹着，更加无拘无束了。

罗兰跑得很快，马车落在了后面。罗兰回头看，爸正在向她挥手。她静静地站在那里，听着风吹过草丛，湖水轻柔地拍打着湖岸。她兴奋得大叫了起来，因为周围没有人，"这一切都是我们的啦！是我们的啦！"

尽管罗兰用尽了力气大喊，但她的声音还是没有传很远，也许是被风吹散了，这样的话，空旷的草原和天空就不会被打扰到了。

测量员们的靴子已经在草地上走出一条小路来。罗兰走在上面，觉得平坦又柔软。她低着头，顶着风，又是一路小跑过去，能第一个看到测量员们住的房子，这真的非常有趣！

那栋房子倏地出现在了她眼前。它果然又大又坚固。上下两层楼，有玻璃窗，屋外的木板有些褪色，但是就像爸说的，房子有缝隙的地方都用木板密封起来了。门上是陶瓷的把手，开门进去后就是耳房了。

罗兰透过门缝往里瞧，然后她稍稍用力一推，门就沿着地板上的弧形划痕打开了。罗兰轻轻地走进去，关好门。屋子里全铺着木地板，光脚踩在上面不像棚屋的泥地那样舒服。不过，木地板打扫起来会容易些。

这间宽敞的屋子仿佛在等待着罗兰的到来，不过还不知道该怎么对待她，所以它打定了主意要看看这个小姑娘有什么动静。风呼呼地刮在墙上，发出寂寞的低吟。罗兰走过耳房，打开另一侧的一扇门。

罗兰开始打量眼前的大房间。墙壁的木板都是黄色的，柔和的阳光从窗户里照进来，洒在地板上。一束清冷的光从前门的窗户那里照来。测量员们把炉灶也留了下来，这个炉灶比妈从梅溪带过来的还要大。上面有六个盖子、两扇灶门和一个烟囱。

房间另一侧的墙上有三扇门，都紧紧地关闭着。

罗兰走过去，打开第一扇门，里面是一间小卧室，放着一张床，墙上还安着一扇窗户。

罗兰又轻轻推开中间那扇门，她吃了一惊，看到一段陡峭的楼梯，她抬头一望，看见了头顶上方高高的斜坡屋顶。她走上楼梯，发现楼上是一个大阁楼，有下面房间面积的两倍大，两边的墙壁上各有一扇窗户，所以光线也十分充足。

看完之后，罗兰从楼梯上下来，她已经打开两扇门了，还有一扇门没打开呢。罗兰猜想，这里肯定住过很多个测量员，要不然为什么会有这么多房间呢？这可是她住过的最宽敞的屋子。

罗兰推开了第三扇门，开心得尖叫了起来，也许小屋都被吓了一跳呢！这简直像一间小小的杂货店！房间的四壁堆满了架子，架子上放着碟子、盘子、锅、水壶以及罐头，架子下面放着几个大木桶和箱子。

第一个桶里装着面粉，第二个桶里是玉米粉，第三个桶的盖子扣得非常紧，罗兰用力打开，看到里面是用盐水浸泡着的一桶腌肉！罗兰从来没见过这么多腌肉放在一起。除了这些，还有一箱苏打饼干、一箱盐、两大袋土豆和一袋豆子。

这时候，罗兰听到马车的声音，于是跑出去大声喊道："妈，妈，快过来看啊，有好多好多好东西！还有一个阁楼，玛丽！快来呀，还有炉子和饼干呢！"

妈走进屋里，查看了一下所有的房间和东西，也很开心。"这房子真不错，又干净。"她说，"我们很快就可以住下来了。卡琳，把扫帚递给我。"

因为不用另外支起炉子，爸就把之前的炉子放进耳房里，储存好的煤炭也在那里。很快，爸就把火生起来了，罗兰她们把桌椅板凳都摆好。妈把玛丽的摇椅放到了炉火旁边，那里十分温暖。玛丽就坐在摇椅上，抱着格蕾丝哄她玩，这样妈、罗兰和卡琳就能好好干活儿了。

妈在卧室的床架上铺好了一张床，把她和爸的衣服挂到了墙上，然后盖上了一块布。罗兰和卡琳在上面的阁楼铺好了两张床，一张是卡琳睡的，一张是罗兰和玛丽的。铺完床，她们把衣服和箱子搬了上去，然后把衣服挂好，把箱子整齐摆放在窗户下面。

很快，所有的东西都收拾好了，她们就一起下楼帮着妈准备晚餐。爸搬了一个浅口的包装箱进来。

"查尔斯，这是干什么用的？"妈问。

"这是格蕾丝的小床啊！"爸说。

"太好了，我们就缺这么一张小床呢！"妈开心地说。

"箱子边够高，格蕾丝就不会掉下来了。"爸说。

"这箱子高度正好，白天不用的时候还能放到床底下去。"

罗兰和卡琳在这个箱子里为格蕾丝铺了张小床，然后把它推到大床底下，晚上睡觉的时候再拿出来就可以了。就这样他们搬完了家。

晚餐丰盛极了，就像在庆祝节日一般。测量员使用的碟子实在是太漂亮了，一下子让餐桌熠熠生辉。一小罐腌黄瓜，配着烤鸭和烤土豆吃非常美味。吃完晚餐后，妈去了装满食物的房间，拿出一个东西，对大家说："猜猜看，我拿什么来了？"

原来是黄桃罐头！每个人都有一罐，再配上两块苏打饼干。"今天咱们就好好吃一顿吧，庆祝我们住进这么棒的房子里！"妈说。

能在这样舒适宽敞的房子里用餐真是很愉快，地板和墙壁都是木制的，夜色中的玻璃窗上泛着暖暖的灯光。他们慢慢地享受着美味的桃子，一勺一勺地喝着金黄香甜的果汁，最后把勺子都舔干净了。

　　紧接着，她们很快收拾好了餐具，在厨房里洗干净了，随后收起了桌子的伸缩板，铺上红白格子桌布，并在桌上放上了明亮的油灯。妈抱着格蕾丝坐在摇椅上。爸说："这时候得有些音乐才行！罗兰，快把我的小提琴盒拿来。"

　　爸紧了紧琴弦，调好了音，又在弓上抹了松脂。当爸拉起小提琴时，冬天的夜晚悄然而至。他心满意足地看了看她们，又看了看为她们挡住寒冷的墙壁。

　　"我在想，去哪儿可以弄些布来做窗帘。"妈说。

　　爸把弓搭在了琴弦上，说："卡洛琳，你想想，我们东边最近的邻居在六十英里开外的地方，西边最近的邻居离我们有四十英里。冬天来了，人们只会搬得更远一些，这片草原上就只有我们了！我今天看到一群大雁飞过，很快就不见了，它们也赶着去南方过冬呢。这应该是入冬以来最后一批大雁了！你看，连大雁都走光啦！"

　　爸拉起了小提琴，罗兰也跟着琴声唱了起来：

　　　　在一个寒风凛冽的夜晚，

　　　　阵阵狂风吹过田野，

　　　　年轻的玛丽抱着孩子，

　　　　步履蹒跚地回到了父亲家门前，

　　　　她哭喊着：噢，父亲，请让我进去，

　　　　求你可怜可怜我的孩子，

　　　　他就快要没有气息了，

　　　　狂风会要了他的命的。

　　　　可她的父亲没有听到敲门声，

屋子里没有任何声响，

看门的狗大声地叫着，

村庄里的钟声响了起来，

狂风还在不停吹着。

……

爸忽然停了下来，说："这首歌显然不合适！好了，咱们换首歌吧！"

小提琴欢快地响起来，爸和罗兰、玛丽还有卡琳都一起大声地唱着：

这些年来，我流浪远方，

遇到过无数挫折和忧伤，

但是无论境遇如何，

我都摇桨前行。

我一生所求不多，

也不在乎债是否还清，

抛开生命中的种种纷争，

只管摇桨前行。

请学会去爱身边的人吧，

无论去到哪些地方，

不要流泪也不要悲伤，

只管摇桨前行。

"这个冬天，我们就得自力更生了。"爸说，"以前我们总是这样，对吧，卡洛琳？"

"是呀，查尔斯，"妈说，"而且我们从来没有过这么多的食物，也从来没在这样舒适的房子里生活过。"

"是啊，一切都是这么舒适。"爸说着给小提琴调整了音准，"我把那些燕麦口袋都堆在了马厩的一边，这样马和牛就都能在里面活动了。既有足够的饲料，马厩里也十分温暖。真是好极了，我们要对这一切心存感恩。"

说完，爸又拉起了小提琴。快步舞曲、里尔舞曲等各种舞曲，一首接一首地响起，小屋里充满了欢乐的气氛。妈把已经睡着的格蕾丝放进小床里，然后关好卧室的门，坐回摇椅里听着音乐。听着音乐唱着歌，大家都陶醉在乐声中，似乎都没有睡意，因为这是他们搬进新房子里度过的第一个夜晚，这片草原上只有他们一家人。

直到深夜，爸才收起小提琴。当他盖上琴盒的时候，黑夜里忽然传来一声长长的嚎叫声，好像就在不远的地方。

罗兰吓得跳了起来，妈也赶紧去卧室抱起吓醒的格蕾丝，卡琳的脸色变得很苍白，一声不响地坐在椅子上，一双大眼睛里满是惊恐。

"卡琳，别怕，只不过是狼的叫声。"罗兰说。

"别害怕，"爸也说，"不然别人还以为你们没听过狼叫呢。卡洛琳，不用担心，屋子很牢固，马厩的门锁得牢牢的，不会有事的。"

第十五章
最后一个离开的人

次日清晨，暖阳高照，但寒风依旧，空气中似乎酝酿着暴风雪的气息。爸去马厩做完杂活儿，在火炉旁边取暖。罗兰和妈一起摆好了早餐。这时一辆马车朝屋子这边驶过来了。

马车在屋门口停了下来，赶马车的人喊着什么，爸闻声急忙跑了出去。罗兰向窗外望去，看到爸正跟那人说着什么。

一会儿工夫，爸又回到屋里，迅速穿好外套，戴上了手套和帽子，对妈说："卡洛琳，听说咱家附近有一位邻居，是个老人，身体不大好，还是孤身一人。我去他家看看，一会儿就回来。"

爸跟着屋外的人上了马车，好长一段时间之后，他才走路回来。

"这天可真冷啊！"爸进屋把外套、手套放在椅子上，裹着围巾弯腰凑到炉子前烤火，"你们不用担心了，事情已经解决了！"

"那个赶马车的人是最后离开这里的人，他从吉姆河过来，沿途都荒无人烟，一直到昨天晚上，他看到铁道路基北边有灯光，就想着去借宿一个晚上。"

"卡洛琳，他找到一间简陋的小屋，里面住着一位病怏怏的老人，得了肺病，是到草原上来治病的。他已经待了一个夏天了，现在不想离开，想在这里过冬。"

"但是他的身体状况十分不好，赶车的人想把他带走。他还跟老人说，这是离开这个寒冷草原的最后机会了，可不论怎么劝说，老人就是不愿意离开。早上，他看到咱们家的烟囱在冒烟，于是过来想看看能不能帮着一同劝说老人离开这里。"

"卡洛琳，那个老人家瘦得跟皮包骨似的，但还是倔强地要留在这里治病，说医生告诉他的治疗方法肯定会有效。"

"是啊，好多人都说来草原上治病呢。"妈说。

"是的，我知道。"爸说，"我也在想，来草原上疗养，或许真的是治疗肺病唯一的办法。不过卡洛琳，你要是看到了他，肯定不会支持他继续留在这里过冬的。他啊，瘦得不成人形了，住在那样一间简单破陋的屋子里，邻居还远在十五英里以外的地方。他应该回去找他的家人才对。"

"我们劝了好半天，后来就帮他收拾好东西，把他和行李都装上了马车。他就像卡琳那么轻，我轻而易举就把他抱起来了。不过最后他终于同意离开这里了。赶车的那个人说会把他送到东部，跟他的家人住在一起。"

"唉，"妈说，"可是这么冷的天，他坐马车赶路，能吃得消吗？"边说，边往炉子里加了些煤炭。

"他穿了很厚的大衣，很暖和的，我们用毯子把他裹起来了，还热了一袋燕麦暖脚。我想，他应该可以坚持到回家的，赶车的那个人挺好的。"爸说。

罗兰想着，赶车人带着老人，恐怕要走上整整两天才能到达大苏河。她这才意识到此地有多么荒凉。从吉姆河到大苏河，就只有他们一家人在了，再没有别的人了。

"爸，早上你看到狼脚印了吗？"罗兰问。

"马厩旁边有很多，"爸说，"而且脚印都很大，想必是能吃野牛的大狼。不过它们没有进到马厩里面。现在这片草原上连一只鸟都没有了，夏天修建铁路之后，野羚羊也都跑掉了，所以狼也不得不到其他地方去。它们是不会待在没有食物的地方的。"

吃完早餐，爸去了马厩，罗兰做完家务也披着披肩去了马厩。她想看看那些狼的脚印。

她从来没见过这么大、这么深的狼脚印。可以想象，这些狼有多么高大强壮。"野牛狼是最凶狠的狼。"爸说，"如果我没有带枪，绝对不希望遇到它们。"

爸仔细地检查了马厩，看看木板是不是钉牢了。为了以防万一，他又钉了些钉子加固墙板，还在门上又装了一个门闩。"这样就是双保险了，就算断了一个，还有另一个能起作用。"

罗兰把钉子递给爸，然后爸把它们钉在木板上。这时，天空中飘起了雪花。风猛烈地吹着，不过风是直着吹的，并不是暴风雪。不过风吹在身上冰冷刺骨，他们冻得都说不出话来。

夜晚来临，一家人吃着晚餐，炉火把屋内烘得暖暖的。爸说："暴风雪是从明尼苏达州那边过来的，我们这里偏西边，据说西部温度三度时和南部一度时感觉是一样的。"

吃完晚餐，一家人就围坐在炉火旁边，妈抱着格蕾丝坐着摇椅轻轻地摇着。罗兰拿过小提琴盒子，冬天里温馨美妙的夜晚来临了。爸边演奏边唱：

嗨！哥伦比亚，幸福之地，

嗨！我的英雄们！

我们要坚定、团结，

就在自由神像的周围，

像兄一般情同手足，

终能得到和平安全。

爸唱完之后，看了一眼坐在炉火边摇椅上的玛丽，她双手放在扶手上，睁着美丽却空洞的大眼睛。"玛丽，你想听什么曲子呢？"

"爸，我想听那首《高原上的玛丽》。"

爸于是起了调子，然后示意玛丽一起唱：

茂密的森林里绿树成荫，

山楂树上开满鲜花，

重重花影之下，

我将她拥入怀里，

金色年代张开天使的翅膀，

在我和我的爱人头上飞翔，

我的爱人是我的生命我的阳光，

她就是我心爱的高原玛丽姑娘。

她是高原上的玛利亚！

"真好听！"玛丽赞叹道。

"这首歌确实挺美的，不过听起来有点儿悲伤。"罗兰说，"爸，我想听《穿过麦田》。"

"好啊。"爸说，"不过，可不能我一个人唱啊，我们一起唱吧！"

于是，一家人都一起唱起这首歌，罗兰还站起来拉起裙子，摆出涉水过小溪地样子，她转回头对着大家唱道：

每个姑娘都有心上人，

可她们总会不承认，

可那个小伙子冲我微微笑，

就在我走过麦田的时候。

接着，爸的小提琴拉出了轻快的调子。他唱道：

我是海马号的船长金克斯，

我用大豆和玉米喂马，

我常常会力不从心，

我是海马号的船长金克斯，

我是陆军中的船长！

唱完这首歌，爸对罗兰点点头，罗兰跟着琴声开始唱：

我是漂亮的船长太太，

我爱穿漂亮的衣裳，

我梳着卷卷的长发。

狂欢队长暗自流泪，

因为他被赶出了军队！

"啊，罗兰！"妈说，"查尔斯，这首歌小姑娘合唱适吗？"

"没关系的，只是一首歌曲罢了。"爸说，"好了，该卡琳唱了，快来和罗兰一起唱吧！"

随后，爸教她们怎么跳波尔卡舞。他拉起小提琴，罗兰姐妹

113

就翩翩起舞，爸在一旁唱起了歌：

> 先出脚跟，再出脚尖，
> 这是我们的舞步。
> 先伸脚跟，再出脚尖，
> 这是我们的舞步。

爸拉着小提琴，节奏越来越快，女孩们也越跳越快，步子迈得越来越高，进进退退，还转上一个圈，一直跳到浑身发热，笑得上气不接下气。

"好了，我的姑娘们，"爸说，"我们来跳一曲华尔兹吧！"小提琴奏出了柔和的曲子。"你们要追随音乐的节奏，"爸轻柔地说，"平稳地滑动，优雅地转身。"

罗兰和卡琳在房间里翩翩起舞，一圈圈旋转。格蕾丝坐在妈的膝盖上，睁大眼睛看着跳舞的姐姐们，玛丽则静静地在一边听着这优美的曲子。

"姑娘们，你们跳得太好了！"爸说，"你们现在是大姑娘了，也该学会怎么跳舞了，要不了多久，你们就能成为很棒的舞者了。"

"爸，我还想再跳一会儿！"罗兰开心地说。

"已经很晚了，"爸说，"你们赶快上床睡觉吧。在这个漫长的冬天里，我们还会有很多个这样美好的夜晚的。"

罗兰打开通往阁楼的门，一股寒气扑面而来。她手上拿着油灯，飞快地上楼了，玛丽和卡琳紧紧地跟随在后面。从楼下伸出的烟囱还散发着丝丝热气。她们借着这点儿暖意脱下衣服，哆嗦着套上睡袍，就钻到被窝里了。罗兰吹灭了灯。

罗兰和玛丽紧紧地抱成一团，过了一会儿，都觉得暖和些了。

屋外是寒冷的黑夜和高远的天空，那里只有不断咆哮的寒风。

"玛丽，"罗兰轻声说，"那些狼群应该已经走了吧？我今天没有听到它们的叫声。你听见了吗？"

"但愿它们离开了。"玛丽迷迷糊糊地说。

第十六章
冬 日

天更冷了，银湖都结冰了。天空中飘着雪花，但湖面上很干净的，因为雪花才落在湖面上，就被风吹进了沼泽地高高的草丛里，吹到了银湖岸边的地上。

整个草原都披上了一层白色的外衣，天地之间只有雪花飞舞着，风呼啸而过，其他一切仿佛都是静止的。

温暖舒适的屋子里，罗兰和卡琳在家帮妈做家务，格蕾丝在一旁跑来跑去地玩耍。玩累了，她就爬到玛丽的腿上，玛丽会抱着她，给她讲故事。格蕾丝听着故事就慢慢睡着了，然后妈把她抱到炉火旁的小床上。随后，带着罗兰和玛丽一起做针线活儿，度过宁静美好的下午。

爸在大沼泽那边放了很多捕兽器，每天都会过去看看有没有收获。他把逮到的狐狸、小狼、麝鼠的皮毛剥下，然后把兽皮钉在木板上风干。

草原一片荒凉，风呼呼地吹。玛丽几乎都不出门，她喜欢待在温暖的房子里做针线活儿。每次都是罗兰帮她穿好针线，她就开始缝缝补补了。一直到傍晚，天色暗了，玛丽也不停下，她说："到了晚看不到的时候，我还能缝衣服，因为我不是用眼睛在看，我是用手指在看。"

"你做针线活儿一直都比我好，"罗兰说，"你总是那么能干。"

罗兰虽然不像玛丽那样喜欢做针线活儿，但是她也非常享受这样温馨的午后时光。只是她在屋子里常常坐立不安，从一扇窗子走到另一扇窗子，从窗户那里往外张望，看着漫天飞舞的雪花，听听呼啸的风声。妈看着罗兰说："你这小脑袋里成天都在想些什么呢？"

只要太阳一出来，不管外面有多冷，罗兰都要出门走走。如果妈允许，罗兰就带着卡琳，穿好外套、鞋子，戴好帽子、围巾，到银湖上去滑冰。她们手拉着手，在湖面上滑行，冰面是透明的，能看到黑色的湖底。她们先提起左脚，再提起右脚，然后小跑一阵子。她们在湖面上滑来滑去，最后全身都热乎起来了，两个人也开心得哈哈大笑起来。

能在冰天雪地里玩耍真是太棒了。等到玩累了，就回到暖和的屋子里，吃上美味的饭菜，然后唱歌、跳舞，一家人愉快地度过美好的夜晚。罗兰觉得自己是最幸福的人。

有一天刮起了暴风雪，罗兰不能出门去玩了。爸带回来一块方形木板。他坐到炉火边上，在木板上画出一个方格，然后在这个大方格里又画了很多个小方格。

"爸，你这是要做什么？"罗兰问。

"你等着看就知道了！"爸说。

他把火钳尖的那一头放到炉火上烤，一直烤到通红，然后小心翼翼地把一块小方格烧黑。

"哎呀，爸，你就告诉我嘛，我都快着急死了。"罗兰说。

"你看起来不是好好的吗？"爸说。他坐在炉火边上开始一点儿一点儿地削木板，一共削了二十四个小方块。爸把其中的十二块放到炉火上烧，还不时地翻动一下，等方块全烧黑了才取下来。然后他把小木块放到了木板上的方格子里，再把木板放在自己的腿上。

"完成啦，罗兰。"爸说。

"这是什么？"罗兰问。

"这些叫棋子，这个是棋盘。来，你搬一把椅子过来，我来教你下棋。"

罗兰不一会儿就学会了，而且暴风雪结束之前，她竟然赢了爸一局。不过后来他们就不下棋了，因为妈不喜欢下棋，卡琳也不大喜欢。所以下完了一局，爸就把棋盘放在一边去了。他说："下棋只有两个人能参与，不太好，小丫头，你还是把我的小提琴拿过来吧！"

第十七章
银湖岸边有狼

一天晚上，皎洁的月光洒在银湖上，大地白茫茫一片，风也安静下来。

从每扇窗户向外看，都是雪白的世界，大地闪烁着银光，一直延伸到遥远的天边，远处的天空就好像一道弧线一般。罗兰的心里焦躁不安，她不想下棋，不想跳舞，甚至对爸的小提琴也不感兴趣。她只想迈开脚步，找个地方走一走。

突然她大叫一声："卡琳，我们去银湖上溜冰吧！"

"晚上去滑冰？"妈惊讶地问。

"你看外面的月光多亮啊，"罗兰说，"跟白天的光线一样。"

"卡洛琳，没事的，就让她们去玩吧，"爸说，"不会有什么事的，她们别在外面待太久就行。"

妈同意了，说："好吧，那你们出去玩一会儿就赶紧回来，别冻着了。"

罗兰和卡琳连忙穿上大衣，戴上帽子、手套。她们都穿上了新鞋，鞋底厚厚的。妈为她们织的羊毛长筒袜又厚又暖和，红色法兰绒内衣盖过膝盖，法兰绒衬裙也非常暖和，羊毛裙子、大衣、风帽、手套也一样厚实暖和。

她俩离开了温暖的房间，迎面而来的寒冷空气一下子让她们屏住了呼吸。她们沿着雪道跑下坡，一直跑到了马厩那里，然后走上马和牛踏出来的小路。这条小路是爸赶着牛马穿过雪地去银湖冰窟窿里喝水时留下的。

"咱们得离那个冰洞远一点儿。"罗兰说，然后带着卡琳沿着湖岸向前走，一直走到开阔的地方。看着整个银湖就在眼前，她们停了下来，欣赏美丽的夜色。

夜色美得令人窒息。圆圆的月亮挂在天幕上，皎洁的月光洒向雪白的世界，处处都闪耀着柔和美丽的光芒。最中央的地方静静地躺着黑色而平滑的银湖。湖面上横跨着宛如一条缎带的月光小路。沼泽地里覆盖着白雪的高高的草丛像是幢幢的黑影。

从这里能看到马厩，就在湖岸地势较低的地方，矮山坡上的测量队屋子此时也显得小小的、黑漆漆的，一缕温暖的灯光从窗户中投射出来。

"好安静啊。"卡琳低声说，"你听，多么安静。"

罗兰的心飞扬起来。她觉得自己已经和这广阔的土地融为一体了，她真想飞起来。不过卡琳太小了，有点儿害怕，所以罗兰紧紧地拉着卡琳的手，说："来吧，我们来滑冰！跑起来！"

她们手拉着手跑了几步，然后用用右脚滑行，比平时的速度还要快一些。"卡琳，我们去那条月光小路上滑冰吧！"

她们就这样边跑边滑，像要飞起来一样，卡琳要是不太稳的话，罗兰就会扶着她；罗兰滑不稳的时候，又紧紧抓住卡琳。

她们一直滑到了对岸，堤岸在湖面上投下浓重的阴影，她们停了下来。罗兰觉得湖岸上的个什么东西，不禁抬头看了看。

月光下，高高的湖岸上蹲着一只巨大的狼！

那只狼好像也发现了罗兰，和她对视着，身上的毛在风中轻轻地动着，月光好像穿透了它的皮毛似的。"卡琳，我们回家吧！"罗兰一边飞快地说，一边拉着卡琳转身，"快，比比谁跑得更快！"然后她俩就向家的方向跑去。卡琳在后面气喘吁吁地说："罗兰，我也看见了，那是一只狼吗？"

"别说话！"罗兰说，"赶快滑。"

罗兰只听得到她们在冰面上滑行的声音。她仔细听了听身后，却未发现有什么动静。然后她们一句话也不说，一个儿劲地滑着，终于到了冰窟窿边的小路上，罗兰这才回头看了看，后面什么也没有。可她们还是不敢停留下来，一直向家里跑去，上了土坡，再跑进耳房，最后通过耳房进了大房间，啪的一声关上门，靠在墙上大口大口地喘气。

爸跳了起来："怎么了这是？被什么东西吓到了吗？"

"那是一只狼吗？"卡琳上气不接下气地问。

"爸，是一只狼！"罗兰也喘着粗气说，"我们看到了一只很大的狼！我真担心卡琳跑不动，幸好她跑得够快。"

爸吃了一惊，"它在哪？"

"不知道，后来它就不见了。"罗兰说。

妈帮她们脱了外套，让她们好好休息一会儿。

"你们在哪儿看到的？"爸问。

"湖岸上。"卡琳说。

"湖对面的高岸上。"罗兰补充道。

"你们两个跑那么远？"爸吃惊地说，"看到狼之后，你们又跑这么远回来？足足半英里多的路程呢！"

"我们是沿着那条小路跑回来的。"罗兰说。

"是我疏忽了，我还以为狼群走光了！明天我就去捕狼。"爸说。

一旁的玛丽脸色苍白，她坐在那里喃喃自语："天啊，我的妹妹们，要是它追上你们可怎么办啊！"

罗兰和卡琳坐下来休息，大家也都静静地坐着。罗兰知道自己又回到了温暖的屋子里，心里高兴起来。要是卡琳有什么不测，那都是自己的错，是她把卡琳带到了湖对岸。幸亏安全回家了。

"爸。"罗兰轻轻地叫了一声。

"怎么了，罗兰？"爸说。

"我希望你不要去猎杀那只狼。"罗兰说。

"为什么？"妈惊讶地问。

"因为它并没有追我们。"罗兰说，"爸，我觉得它是可以追上我们的，但是它并没有追上来。"

屋外忽然响起一声狂野而悠长的狼嚎，不一会儿又慢慢消失了，接着响起另一声狼嚎，像是在回应。一切又恢复了平静。罗兰的心里七上八下，猛地站了起来。妈紧紧握着她的手，罗兰觉得心里舒服多了。

"可怜的孩子，看看你都紧张成什么样了！"妈温柔地说。

妈从炉子后面叉起一块烫热的铁块，用布包起来，递给了卡琳。

"该睡觉了。"她说，"用热铁块暖暖脚。"

"这一块给你，罗兰。"妈说，"把它放到你和玛丽的中间，玛丽也能暖暖脚。"

罗兰和卡琳上了阁楼，关门的时候听到爸和妈正认真地说些什么，但她没有听清楚。

第十八章
爸找到了放领地

第二天吃完早餐之后，爸就带着猎枪出门了。整个上午，罗兰都在注意听外面是否有枪声响起。可她实在不想听到枪声，她还记得那只大狼沐浴着月光静静地坐着的情景。

快到吃午饭的时候了，爸还没有回来。到了下午，爸才回到家，在耳房清理鞋子上的积雪，然后走进大房间，把枪挂好，把帽子、大衣挂在钉子上，手套挂在炉子后面烘烤。他洗了洗手和脸，又对着镜子梳梳头发和胡子。

"真对不起，卡洛琳，让你和孩子们等着我吃饭。"爸说，"我没想到用这么长的时间，而且我走得比预想的远了很多。"

"没关系，我一直热着饭呢。"妈说，"孩子们，快来吃饭吧，别让爸等着。"

"爸，你走了多远？"玛丽问。

"大概得有十英里吧。"爸说，"我追着那些狼的脚印走了很久。"

"爸，你把那只狼杀了吗？"卡琳问，罗兰一言不发。

爸笑着对卡林说："你们都别问了，我会原原本本告诉你们的。今天早上，我到银湖那边，就顺着你们昨晚留下的脚印走，你们猜猜，我在高岸那边发现了什么？"

"你找到那只狼了？"卡琳说。

罗兰还是沉默着，甚至忘了自己嘴里还在嚼着食物。

"我发现狼窝了，"爸说，"还有我见过的最大的狼脚印。孩子们，昨晚那个狼窝里应该有两只大狼！"

玛丽和卡林都吓得倒吸一口气！。

"查尔斯！"妈也觉得有些害怕。

"你们现在知道害怕啦？"爸说，"这就是你们两个小姑娘做的事，竟然跑到狼窝那边去玩了，那里可是有两只大狼啊！"

"那些狼的脚印都是新留下的，从它们的脚印能看出它们的行踪。那是一个老狼窝了，那两只狼应该也很老了。我想它们肯定在那里住了很多年了，不过今年冬天却没有住在那里。"

它们昨天晚上应该是从西北方向来的，直接去了那个狼窝。它们整晚都待在那里，不时地出来看看再进去，应该是到了早上才离开的。我追着它们的脚印，沿着沼泽向草原的西南方向走去。

"那两只狼离开狼窝后就没停过，一直奔跑着，好像非常明确要去哪里。我跟着这些脚印，确认它们已经走远了，不会有危险了，才回来的。它们运气不错，跑走了。"

罗兰终于长长地舒了一口气，她刚刚好像都忘记呼吸了。爸对罗兰说："这下你高兴了吧，罗兰？"

"是的，爸，我很高兴。"罗兰说，"它们昨天晚上并没有追我们。"

"嗯，它们确实没有追你，我也不明白为什么它们不这么做。"

"它们走了又回来这里做什么呢？"妈问。

"我猜，它们只是想回来看看。"爸说，"它们以前肯定是一直在这里生活，在铁路工人来这里之前，这里有羚羊和野牛。这个地区曾经遍布野牛狼，现在已经所剩无几了。不断延伸的铁路和扩展的居住区把它们赶到了更遥远的西部。要是我对野生动物的足迹没有辨认错的话，它们就是从西部赶过来的，这一趟就是为了在老狼窝里过一晚。恐怕它们是这片草原上最后的两只狼了。"

"爸，它们好可怜啊。"罗兰轻轻地说。

"好了好了，"妈说，"需要我们可怜的事情还有很多呢，别太在意这些伤人的野兽了。感谢上帝，它们昨天只是让你们受了几点惊吓，没有伤害你们。"

"卡洛琳，我还有一个好消息要宣布，"爸说，"我已经找到放领地了。"

"天啊，真的吗？爸，在哪里？那地方好不好？"孩子们都争先恐后地问着。

"太好了，查尔斯。"妈说。

爸吃完午餐之后，喝了口茶，抹了抹胡须，然后说："那块地很好，各方面都不错，就在银湖和大沼泽交汇处的南边，沼泽在那里往西边拐了弯。沼泽的南边有些地方凸起，刚好适合盖房子。沼泽西边有一座小山，过了小山就有成片肥沃的土地。牧草也遍地都是，可以建一个很好的农场。而且那里离小镇很近，方便孩子们去上学。"

"我真高兴，查尔斯。"妈说。

"这件事说来有趣。"爸说，"我之前一直在找放领地，但是一直没有找到合适的，可是我们需要的放领地其实就在这附近。要不是追着狼的脚印，一直从银湖到大沼泽那边，我是永远也不会发现它的。"

"如果你去年秋天就把它登记了该多好啊！"妈有些担心地说。

"现在是冬天，还有谁会来这里啊？"爸自信地说，"等明年一开春，趁着别人还没来这里，我就去布鲁金斯把地登记好。"

第十九章
神秘的圣诞礼物

现在几乎每天都会下雪，洁白的雪花一片片飘落。风停了，地上积了厚厚一层雪。傍晚爸出门的时候，总是随手带一把铁铲。

"哈，今年的圣诞节会是雪白的呢。"爸说。

"是的，而且咱们一家人都在一起，平安又快乐，这真是一个幸福的圣诞节。"妈说。

在这所测量员的房子里，满是圣诞节的秘密。玛丽织了一双暖和的袜子，是准备送给爸的。罗兰在妈的那个碎布包里找到了一块合适的布，做了一个领结送给爸。她和卡琳躲在阁楼里，用原来挂在棚屋里的一块印花棉布帘子为妈做了一个漂亮的围裙。她们还在碎布包里找到了一块白棉布，罗兰剪裁好，玛丽用细密的针脚锁好边，这样就做成了一条手帕，然后把手帕放到围裙口袋里，再用纸包好围裙，藏到玛丽的盒子里。

妈找了一块旧毛毯，毛毯两边都有红绿条纹，而且看起来很新。妈从上面剪下一块，准备给玛丽做一双拖鞋。罗兰做一只，卡琳做另一只，她们用一些毛线绳做成小穗子缀在鞋面上。做完之后，她们把鞋子藏在了妈的卧室里，玛丽根本不知道这回事。

　　玛丽跟罗兰商量，想给卡琳做一双手套作为圣诞礼物。她们只有一些零碎的毛线，一些白色的，一些红色的，还有些蓝色的，可每一种颜色都不够织一只手套。"啊，我想到了一个好主意。"玛丽说，"我们可以用三种颜色的毛线来织手套啊，手掌用白色的织，手腕就用红色和蓝色！"

　　就这样，每天早上趁着卡琳在阁楼上整理床铺的时候，罗兰和玛丽就抓紧时间织手套，一听到卡琳下楼的声音，她们就赶紧收起来，过了几天，手套已经织好了，就藏在玛丽的针线筐里。

　　格蕾丝的圣诞礼物是最漂亮的。一家人一起坐在温暖的房间里为她做这件特别的礼物，因为她还小，所以根本没有察觉到大家在忙什么。妈从包裹里拿出了一块天鹅绒布，因为天鹅绒比较珍贵，所以妈不放心交给别人，于是自己小心翼翼地缝制兜帽。不过，她让罗兰和卡琳在碎布包里找了一块蓝色的布，可以当作帽子的衬里。妈把衬里缝在兜帽里，这样帽子就不容易扯破了。妈又找出了一块柔软的蓝色羊绒布。那是从她以前一条最漂亮的冬裙上裁剪下来的，她要为格蕾丝做一件小外套。罗兰和卡琳把小外套缝好、熨平，然后，玛丽为衣服的下摆锁边，妈为衣服配上天鹅绒衣领和袖口。

　　衣服做好之后，就把它和那顶天鹅帽子配一起。帽子蓝色的衬里像格蕾丝的眼睛一样蓝，整件衣服真是漂亮极了。

　　"真像是给洋娃娃做的衣服！"罗兰赞叹地说。

　　"格蕾丝比任何洋娃娃都可爱！"玛丽说。

　　"我们现在就给她打扮好吧！"卡琳激动得手舞足蹈。

　　妈没有同意，让她们把衣服和帽子收好，等到圣诞节的时候再拿出来。

　　爸出去打猎了，他说会把这里最大的长腿野兔打来做圣诞大餐。他真的打到了！罗兰她们从来没见过这么大的野兔，她们把野兔处理好之后，挂到了耳房冷冻，等到第二天烤兔肉大餐！

爸去马厩忙活了一阵，回来的时候先跺跺脚，把鞋子上的雪水都弄掉，又捋了捋胡子上的冰碴，走到炉火旁边烤火取暖。"哇！"爸说，"圣诞节前一天这么冷，圣诞老人冷得都不敢出门了。"他边说边对卡琳眨眼。

"我们都不盼着圣诞老人了，因为我们知道……"卡琳说着，突然意识到自己在说什么，马上捂住了嘴巴，又看看玛丽和罗兰，看看她们是不是发现自己差点儿把圣诞老人的秘密说出来了。

爸转身烤了烤后背，然后开心地看着大家说："今年圣诞节，我们住的地方这么暖和，这么舒适。还有我们的牛和马，它们待在马厩里也很舒服，我给它们准备了平安夜大餐。嗯，一切都那么美好！是吧，卡洛琳？"

"是的，查尔斯。"妈说着，把热腾腾的一盆玉米浓汤放到了桌上，倒好牛奶，"快来吃饭吧，吃点儿热乎乎的食物能让人暖和起来。"

一家人在餐桌上聊着过去的圣诞节趣事。他们一起度过了很多个美好的圣诞节，如今又一个圣诞节即将来临，而且这个圣诞节他们非常温暖富足。罗兰想起了自己放在阁楼里的盒子，娃娃夏洛蒂正躺在里面，那还是在威斯康星大森林的时候，她从圣诞袜里得到的礼物。

他们还聊到了在印第安区度过的圣诞节，那个圣诞节，罗兰和玛丽各收获了一个漂亮的锡杯和一枚硬币，现在它们已经不见了，不过她们会永远记得爱德华先生，是他走了四十英里路，从镇上的圣诞老人手里取回了圣诞礼物，与她们一起过了圣诞节之后，又一个人走回去了。爱德华先生离开之后，他们就再也没有听过他的消息了。他们真的很想知道他去哪儿了，也很想再见到他。

"不管他在哪里，都希望他会跟我们一样幸运。"爸说，他们永远都会为他祈祷。

"爸，今年你陪在我们身边了，没有在暴风雪中迷路。"罗兰说。有好一阵子，她们都默默地注视着爸，回想起那个至今让人后怕的圣诞节，那天爸差点儿回不了家。

妈的眼里闪烁着泪花，但她不想让大家看到，不过最终只能用手抹去泪水。大家也假装没看到她流眼泪。"感谢上帝，查尔斯，幸好你平安回来了。"妈说着，吸了吸鼻子。

爸笑了起来："老天爷也真会跟我开玩笑！我被困在那个地方，饿了三天三夜，只吃了一点儿牡蛎饼干和圣诞糖果，感觉自己快要饿死了！结果，我其实就在家附近那条小溪的堤岸下面，离家还不到一百码的距离。"

"我觉得过得最愉快的一次圣诞节是在主日学校过的那个圣诞节，有圣诞树。"玛丽说，"卡琳，你肯定没什么印象，因为你那时候还很小。不过，我记得很清楚，那个圣诞节真是太美妙了！"

"可这些都没有现在的这个圣诞节好！"罗兰说，"因为现在卡琳长大了，而且我们还有了格蕾丝。"

卡琳上次虽然受到了狼的惊吓，但现在好好地坐在那里。妈抱着小格蕾丝，她有一头阳光般的金发，还有一双紫罗兰一样美丽的眼睛。

"嗯，我也觉得这个圣诞节是最好的。"玛丽说，"到了明年，也许这里也会有主日学校的。"

大家都喝完了盘子里的浓汤，爸也喝完了牛奶，又倒了一杯热茶。他对大家说："这次我们没有圣诞树，因为银湖这边没有树，就连灌木都没有。不过我们也不需要，因为就咱们一家人，不会有客人来。玛丽，我们可以自己搞一个小型庆祝活动。"

晚餐后，罗兰洗好了碗盘，爸拿出了小提琴，调好音，然后在琴弓上抹上松脂。

玻璃窗上的冰霜更厚了，门缝里也结满了冰霜，雪下得很大，积雪很深。屋里的油灯在红白相间的桌布上闪着明亮的光，火炉里散发出暖暖的热气。

"刚吃完饭，不能马上唱歌，"爸说，"我来拉几首曲子给你们听听。"说完就拉起了《到俄亥俄河的下游去》《为什么铃声响得如此欢快》，还有——

> 叮叮当，叮叮当，
> 铃儿响叮当，
> 我们坐在雪橇上，
> 我们滑雪多快乐！

然后他停下来，笑着说："我的姑娘们，你们准备好唱歌了吗？"

然后小提琴就变了音调，大家便一起唱起来：

> 破晓的阳光带来光明，
> 美好的时光已经降临，
> 在这个新的早晨里，
> 全世界即将苏醒。
> 人们将走来，
> 大家齐声高呼——
> 走吧，我们一起登上主的高峰，

主将教导我们，指引我们，

我们将走上他指明的道路。

这时候，小提琴的音调似乎有些乱，爸好像沉浸在了自己的思绪中。过了一会儿，小提琴又奏出了柔美的旋律，大家跟着一起唱：

温暖的阳光照耀着小草生长，

晶莹的露珠滋润着鲜花绽放，

一双双眼睛多么明亮，

看着初秋的太阳，

看着真诚的微笑，

听听这温柔的话语，

比夏日更温暖，

比露珠更闪亮。

世界多么美妙，

给予我们的并不多，

黄金和宝石，

也不能慰藉人们的心。

如果人们齐聚在圣坛周围，

露出真诚的微笑，说着温柔的话语，

世界是如此的美好！

突然，玛丽在琴声中尖叫起来："你们听，什么声音？"

"玛丽，你听到什么了？"爸问。

"我好像听见了……你们听！"玛丽说。

他们都认真地听着，油灯发出细微的嗞嗞声，炉子里的煤炭也在轻轻地裂开。他们透过结满冰霜的窗户向外望去，漫天飞扬的雪花闪烁着银白色的光芒。

"你听到什么了？"爸又问了一次玛丽。

"好像是，好像是……你们听，又响了。"

这一次，大家都听到了，从外面传来了一个男人的叫声，他在一遍一遍地喊着什么，声音就在屋子附近。

妈猛地站起来。"是谁啊，查尔斯？"

第二十章
圣诞来客

爸放下小提琴，飞快地打开门，空中有雪花飘进来，外面响起了一个男人沙哑的声音："嗨，查尔斯！"

"天啊，波斯特！"爸喊道，"快进来！快进来！"他赶忙穿上外衣，走到了寒冷的屋外。

"这种天气赶过来，他肯定冻坏了！"妈说着，往炉子里加了些煤炭。屋外传来了说话声和波斯特先生的笑声。

爸从外面打开门，对着妈喊道："卡洛琳，是波斯特先生和他的太太！我跟波斯特把马拴到马厩里去！"

妈赶快把波斯特太太迎进了屋里。她身上穿着厚厚的大衣，还裹着一条毛毯。妈连忙帮她脱下衣物。"快来烤烤火吧，你肯定冻坏了！"

"哦，还好，"波斯特太太微笑着说，"坐在马车里很暖和。罗伯特还给我裹了毛毯，所以一点儿也不冷。到后来，马也是他牵着，所以我的手也不冷。"

"头巾结冰了。"妈说着，帮波斯特太太解下了头上长长的结了冰的头巾。这时候，波斯特太太的脸露了出来。她看起来非常年

134

轻，应该比玛丽大不了多少，留着一头浅棕色的长发，还有一双长着长睫毛的蓝眼睛。

"你是骑马过来的？"妈问。

"不是，本来我们是坐雪橇来的，不过雪橇和马都陷进了积雪里。"波斯特太太说，"后来罗伯特把马拉了出来，我们就骑马走完了后面的两英里，雪橇就留在那里了。"

"也是。"妈说，"大沼泽那边荒原上都是积雪，根本就没法辨认哪里有路可以走，积雪下的草又承受不了重量。"

"波斯特太太，请坐到我的椅子里吧，那是最暖和的地方。"玛丽说。不过，波斯特太太说她坐在玛丽旁边就好了。

这时候，爸和波斯特先生走进了耳房，他们重重地跺了跺脚，把鞋子上的积雪都抖掉。波斯特先生大笑着走进房间，屋子里的每个人都跟着笑起来，就连妈也不例外。

"也不知道为什么，"罗兰对波斯特太太说，"我们都不知道波斯特先生在笑什么，可是只要一听见他的笑声，我们就忍不住……"

波斯特太太也笑了，她说："我们都被他的笑声传染了！"

罗兰看着波斯特太太那充满笑意的蓝眼睛，觉得这个圣诞节一定会非常美好。

妈准备做一些饼干。"波斯特先生，你和你的太太肯定饿坏了，马上就可以吃晚餐了。"

罗兰拿出几条腌猪肉放到锅里炸到半熟，把准备好的饼干放进了烤箱里，又把腌猪肉捞出来沥油，重新裹好面粉后放进锅里煎。接着罗兰开始削土豆皮，然后切成片。

"我来做煎薯片，"妈在食物贮藏室轻声对罗兰说，"再调一些奶油肉汁，然后煮一壶茶，我们的晚餐就齐全了。不过，礼物怎么办呢？"

罗兰还没有想到这个问题，他们没给波斯特先生和太太准备礼物。妈说完，匆匆离开储藏室去煎薯片、调奶油去了，罗兰去摆餐桌。

吃完晚餐之后，波斯特太太说："我很久没吃过这么美味可口的晚餐了。"

"我以为你们春天才会过来呢，"爸说，"这么冷的天，走那么远的路可是很危险的！"

"我们也知道。"波斯特先生说，"不过，英格斯，到了来年春天，肯定会有很多人来这里，估计整个爱荷华州的人都会来。我们得提前赶过来，否则会有人抢走我们的放领地的。所以，我们也顾不上天气好坏了，一心只想着赶到这儿。英格斯，你真应该去年秋天就去登记放领地，否则，到了春天，所有人都会去抢，土地很快就会被抢光的。"

爸和妈严肃地对视了一眼，他们都想到了爸找到的那块放领地。不过妈说："大家快点儿去休息吧，波斯特太太肯定累坏了。"

"确实是有点儿累了。"波斯特太太笑着说，"一路上都在赶路，到最后不得不放弃雪橇，骑马过来，在风雪中看到你们房子透出来的灯光，我们真是太高兴了。等我们走近一些，又听到了你们的歌声，觉得动听极了！"

"卡洛琳，你和波斯特太太就睡在我们房间里，我和波斯特先生到火炉旁边打地铺就行了。"爸说，"我们再唱一首歌吧，孩子们也该去睡觉了。"

爸拿出小提琴，调好了音。"我们唱什么呢，波斯特？"

"就唱《圣诞无处不在》吧。"波斯特先生说。他唱男高音，爸唱男低音，波斯特太太唱女中音，罗兰和玛丽都唱女高音，妈唱女低音，卡琳稚嫩的童声也融入了合唱中：

欢乐，欢乐的圣诞无处不在！
清脆的钟声响彻云霄，
圣诞钟声，圣诞树，
风轻轻带来圣诞节的芳香。

为何我们如此欢乐，
充满感激地歌唱？
因为我们看见了太阳，
阳光普照大地。

耀眼的光芒照耀孤独的流浪人，
安抚受压迫的心灵，
主引导着所有的信徒，
奔向恒久的安宁。

"晚安！""晚安！"大家互相道晚安之后，妈上楼把卡琳的床垫拿下来给爸和波斯特先生用。"他们带来的毯子也湿了。"妈说，"你们三个今晚就睡一张床吧。"

"妈，礼物怎么办呢？"罗兰轻轻地问。

"没事的罗兰，我会有办法的。"妈小声回答道，"好啦，孩子们，赶紧睡觉吧！晚安！"

波斯特太太还在楼下轻轻哼唱：

耀眼的光芒照耀孤独的流浪人……

第二十一章
快乐的圣诞节

第二天一大早，爸就和波斯特先生出去干活儿了。罗兰听到他们关门的声音后就赶紧起床。她哆嗦着穿好衣服，赶紧下楼帮妈准备早餐。

不过波斯特太太已经在那里帮忙了。炉子里的火烧得非常旺，餐锅里煮着香浓的玉米汤，茶壶里在煮热茶，餐桌上已经摆好了碗盘刀叉。

"圣诞快乐！"妈和波斯特太太对罗兰说。

"圣诞快乐！"罗兰边说边盯着桌子看。每个盘子都和往常一样上下颠倒盖在刀叉上，但是每个盘子底上都有一个包裹，有大有小，有的用彩色的棉纸包着，有的用素色的纸包着，上面都系着彩色的缎带。

"罗兰，昨天晚上我们都忘了挂上袜子，"妈说，"所以我们就直接在早餐桌上拆礼物吧。"

罗兰兴奋地跑回阁楼，跟玛丽和卡琳说了餐桌上摆满了礼物。"妈应该是知道我们把礼物藏在哪里，所以她都拿了出来。不过，她不知道我们也为她准备了礼物，"罗兰说，"现在，那些礼物都在桌子上摆着呢。"

"可是我们不能拆礼物啊，"玛丽说，"因为我们没给波斯特先生和太太准备礼物！"

"没事，妈会解决的！"罗兰说，"她昨晚说过了。"

"妈能有什么办法呢？"玛丽说，"我们根本就没料到他们会来，也没有什么东西送给他们啊！"

"妈会有办法的。"罗兰说着，把送给妈的礼物从玛丽的盒子里拿了出来。在她们下楼的时候，罗兰就背着手拿着礼物，卡琳站在妈和罗兰中间，罗兰趁机把礼物放到了妈的餐盘上。这时，他们都注意到了，波斯特先生和太太的餐盘上都有一个包装精美的小包裹。

"哦，我真有些等不及了！"卡琳小声地说着，两只小手不停地搓着，苍白的小脸上，一双大眼睛扑闪扑闪的。

"现在还不行，你得耐心点儿，我们都得耐心等待。"罗兰说。不过，忍耐这样的事情对格蕾丝来说就容易多了，她太小了，根本没注意到餐桌上的礼物。

格蕾丝激动得手舞足蹈，玛丽都没办法给她扣上衣服扣子了。"圣诞快乐！"她奶声奶气地喊着，身体不停地扭动。玛丽没有抓住她，她一下子就在房间里到处跑了起来，直到妈轻柔地告诉她，小孩子不该大声乱叫，不能到处乱跑。

"格蕾丝，快来我这里，这里能看到外面！"卡琳说。她在结满冰霜的窗户上擦出干净的一小块，然后和格蕾丝一起向外张望。过了好一会儿，卡琳说："他们回来了！"

耳房后面传来一阵跺雪的声音，爸和波斯特先生推开门走进来。

"圣诞快乐！圣诞快乐！"他们一起大声说。

格蕾丝立刻躲到妈身后，抓着裙子，偷偷地打量面前的这个陌生人。爸抱起格蕾丝，然后抛到空中。罗兰小的时候，爸也常常这样逗她玩。格蕾丝也像罗兰小时候那样大笑着。罗兰想到自己长大了，不然的话，她也会跟着大笑的。

房间里，食物香味四溢，还有远道而来的客人与他们一起过节，他们都开心极了。结满冰霜的窗户上泛着银光，当大家都坐下来用餐的时候，东边的窗户霎时变成了金色，外面的白雪上都洒满了灿烂的阳光。

波斯特夫妇是客人，妈让波斯特太太先拆礼物。她打开包裹，里面是一条镶着花边的细麻手帕，那是妈最好的礼拜日手帕。波斯特太太非常高兴，很惊讶能收到这么漂亮的礼物。

波斯特先生也一样激动。他收到的礼物是一副用毛线织成的红灰色条纹腕套，他试了试，大小正好。其实这腕套本来是妈织好要送给爸的，不过客人们理应得到圣诞礼物，妈以后可以再织。

爸也拆开了礼物，高兴地说这双袜子正是他需要的，因为他出门就能感到寒冷透过了他的靴子。接着他夸了罗兰送给他的领结。"一会儿吃完早餐我就把它戴上，"爸笑呵呵地说，"圣诞节我也该打扮打扮了。"

接下来妈拆开了礼物。当她打开那条美丽的围裙时，大家都惊呼了起来。她立刻就穿上了，转一圈给大家看看。她看了看裙边，笑着对卡琳说："你缝得真好。"然后对罗兰说："衣褶也做得很均匀，缝得也很好。这围裙真好看！"

"妈，还有礼物呢！"卡琳说，"看看你的口袋里有什么！"

妈拿出了那块手帕，惊讶得合不拢嘴。妈刚刚把自己最好的手帕送出去，却立刻收到了另一块，这一切好像是预先安排好的一样。妈仔细地欣赏着这块手帕，"真漂亮啊！玛丽，谢谢！"

接着，大家开始夸奖用破旧的毯子为玛丽做的拖鞋。波斯特太太说，要是她家的毛毯旧了，她也打算给自己做一双拖鞋。

卡琳戴上她的手套，她拍着手大笑着说："我的国旗手套！哦，快来瞧我的国旗手套！"

随后罗兰打开了她的包裹。里面是一条围裙，布料和妈的围裙一样，只是小了些，也有两个口袋和窄窄的褶边。这是妈用旧帘子为她做的，卡琳把它缝好，玛丽缝上了荷叶边。这些日子里，罗兰和妈都不知道彼此在为对方做围裙，而玛丽和卡琳也丝毫没有泄露妈和罗兰的秘密。

"谢谢，谢谢！"罗兰抚摸着围裙，"花边的针脚缝得又细又密，玛丽，真是太感谢你了！"

接着最美妙的时刻到来了。大家都看着妈打扮格蕾丝——她给格蕾丝穿上了那件蓝色外套，整理好天鹅绒领子，再给她戴上那顶天鹅绒的帽子，盖住了她金色的头发。帽子的蓝色丝绸衬里若隐若现，把格蕾丝蓝色的眼睛衬得格外明亮。她摸着袖口上的那一圈天鹅绒，挥舞着小手咯咯直笑。

格蕾丝真漂亮！蓝色的外套、白色的帽子、金色的头发、蓝色的眼睛，大家怎么看也看不够。不过妈不想她被大家宠坏了，所以很快就让她安静下来，脱下大衣和兜帽放在房间里。

罗兰发现自己的盘子旁边还有一个小包装盒，玛丽和卡琳的盘子边也有一个，她们一起拆开包裹，发现里面是一个粉红色的袋子，里面装满了糖果！

"是圣诞糖果！"卡琳激动地喊着，"圣诞糖果！"罗兰和玛丽也忍不住惊叫了起来。

"怎么会有糖果呢？"玛丽说。

"难道圣诞老人真的来过？"爸说。然后全家人几乎同时说："谢谢你们！波斯特先生、波斯特太太。"

罗兰把礼物的包装纸都收走，帮妈把早餐摆上桌子，有一大盘金黄的烤玉米、一盘饼干、一碟炸土豆、一碗鳕鱼酱汁、还有苹果酱。

"真是不好意思，我们没有黄油。"妈说，"奶牛产的奶不够，所以不能做黄油。"

不过，烤玉米饼和炸土豆配着鳕鱼酱汁来吃味道真是不错，而热饼干搭配着苹果酱吃更是美味可口。这样的早餐就跟圣诞节一样，一年只有一次，不过接下来还有圣诞大餐，就在今天！

吃完早餐，爸和波斯特先生牵着马去拉波斯特先生的雪橇了，他们随身带着铁锹，因为要去把雪铲开才能让马拉出雪橇。

玛丽抱着格蕾丝坐在一旁玩耍，卡琳在整理床铺和打扫地板，罗兰、妈和波斯特太太穿着围裙，挽起衣袖，开始洗碗盘，准备午餐。波斯特太太很高兴，她对每件事情都充满了热情，而且很想跟妈学习如何料理好家务。"罗兰，你们既然没有牛奶来做酸奶，那是怎么做出那么好吃的饼干的呢？"

"和好面之后，让它发酵啊。"罗兰说。

波斯特太太从来没有用生面糊做过饼干，所以罗兰教她的时候，她觉得很有意思。罗兰用杯子量出适量的面粉，加入酵母、苏打粉和盐，然后在面板上揉出饼干的形状。

"那些酵母是怎么做的呢？"波斯特太太问。

"先把面粉和热水放到罐子里，一直到它发酸发酵为止。"妈说。

"每次用的时候都留一点儿，"罗兰说，"然后把做完饼干后剩下的面团放进去，就像这样，加一些热水，把盖子盖好，最后把罐子放到暖和的地方，等以后你想用的时候，就可以用了。"罗兰把罐子放到了火炉旁的架子上。

"这是我吃过的最好吃的饼干。"波斯特太太说。

因为波斯特太太在这里的缘故，早上的时光过得很快。爸和波斯特先生把雪橇拖回来时，午餐已经准备好了。烤箱里的野兔被烤成了金黄色，土豆也做好了，咖啡壶在炉子上冒着香气。整个房间弥漫着烤肉、热面包和咖啡的香味。爸进屋的时候使劲儿闻了闻。

"放心吧，查尔斯，"妈说，"房间里是有咖啡味，不过也煮了你爱喝的热茶。"

"真是太棒了！男人在冬天就得喝茶才行呢！"爸说。

罗兰把雪白的桌布铺好，然后放上糖罐和装满奶油的玻璃壶。另一个玻璃容器里装满了干净的汤匙。卡琳把刀叉挨个放到每个座位前，又为每个人都倒上一杯清水。罗兰把一叠盘子放在爸的餐位前，然后在每个座位前面都放上一个装满果汁和桃子的玻璃碟。精心布置的餐桌看起来漂亮极了。

爸和波斯特先生洗了手和脸，妈把最后一个空壶和空锅放了回去，然后帮罗兰和波斯特太太端上了最后一个装满食物的盘子。

妈和罗兰飞快地脱掉干家务时穿的围裙，换上圣诞礼物围裙。

"快来吃饭吧！"妈说，"午餐都准备好了。"

"波斯特，快过来坐！"爸说，"好好地吃上一顿吧，别看盘子不大，但食物有很多呢。"

烤兔肉就放在爸的面前，面包、洋葱填料在周围冒着热气。桌子的另一头放着一大盘土豆泥和一碗热气腾腾的棕色肉汁，桌子中间放着几盘玉米饼和小饼干，还有一盘腌黄瓜。

妈给每个人都倒了一杯香浓的咖啡和一杯热茶，为每个人都装了一盘烤兔肉和馅料，还配上了土豆泥和肉汁。

"我们还是第一次在圣诞节的时候吃烤兔肉呢！"爸说，"以前我们住的地方经常能吃到兔肉，在圣诞节的时候大家都吃烤火鸡。"

"是啊，查尔斯，以前我们经常吃兔肉。"妈说，"在印第安保留区，可没有测量员的食品储藏室，也没有腌黄瓜和桃子罐头吃。"

"这是我吃过的最美味的兔肉了！"波斯特先生说，"肉汁也特别香。"

"人饿的时候，什么都好吃！"妈谦虚地说。

"我知道今天的兔肉为什么这么好吃，英格斯太太在烤兔肉的时候，在上面放了切成薄片的腌肉。"波斯特太太说。

"嗯，是的。"妈说，"也许就是它增味不少。"

大家吃完第一盘烤兔肉后又添了一份。爸和波斯特先生又吃了第三盘，玛丽、罗兰和卡琳也添了食物，不过妈只添了些面包和洋葱，波斯特太太又吃了一块饼干，说自己吃不下了。

爸吃光了盘子里所有的食物，又拿起叉子想从大盘子里再拿些食物来吃，妈说："查尔斯，你留着肚子吃点儿别的吧，波斯特先生也是。"

"你的意思是还有别的好吃的？"爸问。

妈去了食物储藏室，端出来一盘苹果派。

"苹果派！"爸喊道。

"天啊，早知道我就留着肚子吃这个了！"波斯特先生也惊讶地叫道。

大家津津有味地分别吃了一块苹果派，然后爸和波斯特先生把最后一块分着吃掉了。

"这顿圣诞大餐简直太好吃了！这绝对是我吃过的最好的一顿了！"波斯特先生满足地说。

"是啊，"爸说，"这也是我们搬到这里之后吃的第一顿圣诞大餐。我很高兴我们都吃得很开心。以后这里会有更多的人搬过来，也会有更多的人在这里庆祝节日，我想，那时候肯定会有很多的美食出现吧。不过说实话，他们未必会像我们现在吃得这么舒服。"

过了一会儿，爸和波斯特先生恋恋不舍地离开了餐桌，妈开始清理餐桌。"我来洗碗吧，罗兰，你去帮波斯特太太收拾屋子。"

罗兰和波斯特太太穿好衣服，戴好围巾和帽子，走到阳光灿烂却非常寒冷的屋外。她们去了原本是测量人员用做办公室的小屋子。爸和波斯特先生正在那里从雪橇上卸东西。

小屋子没有铺地板，只能放得下一张双人床。爸和波斯特先生在门边支起一个炉子。罗兰帮波斯特太太搬来羽毛床垫和被褥铺在床上。她们把桌子放到炉子对面的窗户旁，椅子就放在桌子下面。波斯特太太的箱子放在桌子和床之间的空隙中，正好可以当一个凳子坐。炉子上面有个支架，可以放餐具，剩下的空间刚好能打开门抵着桌子。

"这下就行了！"爸在一切都收拾好了之后说，"你们总算安顿下来了，现在还是回我那里去吧，这里连我们四个人都挤不下，我那里宽敞，就当作活动的地方吧！波斯特，走，咱们下盘棋去吧！"

"你们先过去吧。"波斯特太太说，"我和罗兰一会儿就到。"

他们走了之后，波斯特太太从碟子下面拿出来一个纸袋，对罗兰说："看，这是做爆米花用的干玉米。波斯特不知道我带了这个，这是个惊喜！"她们带着干玉米回去了，然后把它放到了食物储藏室里，悄悄地告诉了妈这个秘密。

在爸他们下棋的时候，她们就在铁锅里倒了些猪油，油热了之后，把干玉米放进去。一阵噼里啪啦响，爸立刻抬头朝四周张望。"天啊，我好久没吃过爆米花了。波斯特，我要是知道你带来了这个，早就拿出来吃了。"

"我没带啊。"波斯特先生说，然后他大叫一声，"肯定是妮尔那个淘气鬼！"

"你们好好下棋吧！"波斯特太太满脸笑容，用那双蓝眼睛看了看他说，"你们忙得没空注意我们。"

"对啊，查尔斯，"妈说，"希望没有打扰到你们下棋。"

"波斯特，这盘棋我赢定了！"爸说。

"没有吧，你到现在还没赢呢！"波斯特先生说。

妈把玉米粒从铁锅里倒进牛奶锅里，罗兰往里面撒了些细盐，接着，她们又做了另一锅爆米花。玛丽、罗兰和卡琳每人都分到了一盘又香又脆的爆米花。妈与波斯特夫妇围坐在一起，边吃着爆米花，边聊天，不时发出朗朗的笑声。眨眼间就到了喂牲口的时候了，然后就是吃晚餐，到最后又到了爸拉小提琴的时间。

"每一个圣诞节都比前一个更好，"罗兰想，"这或许是因为我慢慢长大了吧！"

第二十二章
快乐的冬日时光

快乐的节日气息一直在延续着。每天早晨，波斯特太太做好早餐就会去罗兰家，用她的话说就是和"别的女孩子们"一起度过愉快的一天。她总是很快乐，觉得生活美好极了。还有，她很漂亮，她有一头乌黑柔软的秀发，脸颊绯红，蓝色的大眼睛里总是充满笑意。

圣诞节后的第一个星期，阳光灿烂，风悄无声息。草原一片荒凉，雪就快融化了，空气也没那么寒冷了。波斯特太太请罗兰一家去吃新年大餐。

"你们能全部挤进我的小屋里来。"她说。

罗兰帮她一起搬东西。先把桌子搬到了床上，然后打开门，抵着墙，再把桌子搬到屋子中间。虽然桌子的一角几乎碰到了火炉，另一角差不多也挨着床了，但是还是有足够的空间让他们一个接一个走进屋里，围着桌子坐下来。波斯特太太就坐在炉子旁边，给大家盛东西吃。

第一道菜是牡蛎汤。罗兰第一次喝到这么鲜美的热汤。汤上漂着金黄的奶油和黑胡椒粉，黑色的牡蛎肉沉在汤底。她一小口一小口地喝着，想让鲜美的味道在舌尖上留得久一些。

跟这道汤搭配吃的是一种又小又圆的牡蛎饼干。饼干看起来就像小玩具一样，不过，吃起来美味极了。等大家喝完了汤，吃完饼干，接着就是抹了蜂蜜的面包和果酱，最后上来的是一大盘热气腾腾的咸味爆米花。这盘爆米花一直在炉子后面放着保温。这就是波斯特家的新年大餐，虽然算不上丰盛，但是大家都吃得饱饱的。而且，这顿午餐新颖独特，波斯特太太带来的餐具和桌布也非常漂亮。

吃完午餐后，他们坐在小屋子里聊天。一缕缕清风从敞开的大门吹进来，褐色的草原一直延伸到远方，与淡蓝色的天空连接在了一起。

"波斯特太太，这是我吃过的最好的蜂蜜了。"爸说，"真高兴你从爱荷华州把它带来了。"

"牡蛎汤也很好喝。"妈说，"我好久都没吃过这么好的午餐啦。"

"这是 1880 年的一个良好的开始。"爸说，"其实七十年代也不算太糟糕，不过八十年代就好太多了。要是达科他地区的冬天都是如此的话，那我们来这里就实在是太幸运了！"

"这地方的确很不错。"波斯特先生说，"我很庆幸自己已经申请到了一百六十英亩的土地，真希望你也申请了，英格斯。"

"还有不到一个星期我就可以申请了，"爸说，"等布鲁金斯的地政部门开始办公我就去，这比我去扬克顿再回来要节省一周多的时间。据说布鲁金斯的地政部门一月一号开始办公。哎呀，这几天天气这么好，我明天就可以动身了，要是卡洛琳同意的话。"

"查尔斯，我同意。"妈轻声说。她脸上洋溢着快乐的光彩，眼睛也神采奕奕，因为爸很快就可以申请到放领地了。

"那好，就这么说定了。"爸说，"倒不是因为担心什么，只是这个事情早点儿办完，心里也会踏实些。"

"英格斯，确实是越快越好，"波斯特先生说，"还不知道明年春天会来多少人呢！"

"好了，不用担心啦，肯定没有人会比我更早去那里的。"爸说，"明天一大早我就出发，后天我就能到地政办事处，所以，要是你们想写信寄到爱荷华的话，就赶快写好了，我明天就带到布鲁金斯去寄走。"

下午，波斯特太太和妈都在写信，妈还准备了些食物，给爸明天路上吃。可是傍晚时分，大风裹着雪花袭来，玻璃窗上又结满了冰霜。

"这样的天气哪儿也去不了。"爸说，"卡洛琳，你别担心，我一定会申请到放领地的。"

"好的，查尔斯，我不担心。"妈说。

一到刮暴风雪的时候，爸总会忙着整理捕兽器，然后晾晒兽皮。波斯特先生家没有煤炭，所以就去亨利湖那里拖树枝回来，劈成柴火来烧。波斯特太太还和往常一样，每天都会到罗兰家里玩。

要是哪天出太阳了，波斯特太太和罗兰、卡琳就会多穿衣服，跑出去到雪地上玩。她们跑着跳着，打雪仗，还会堆雪人。在冰天雪地里，她们三人手牵着手在银湖上滑起冰来。一路上，她们欢声笑语，笑声不断。

有天下午，她们玩得全身都热了，气喘吁吁的。在准备回家的时候，波斯特太太对罗兰说："你跟我来一下。"

罗兰就跟着她回去了，波斯特太太拿出一堆报纸给罗兰，是她从爱荷华州带来的《纽约纪事报》。

"你能拿多少就拿多少，"波斯特太太说，"看完了再拿回来，然后再拿一些过去。"

罗兰抱着一叠报纸跑回家。她冲进房间，把报纸放到玛丽腿上。"玛丽，你猜猜，我给你带回了什么好东西？"罗兰大声地喊着，"是故事哟，这报纸上有很多故事。"

"好啊，那我们快点儿准备晚餐吧，这样的话，我们就能听故事了。"玛丽急切地说。

"别担心，罗兰，"妈说，"你先给我们念一个故事听听吧。"

于是，妈和卡琳准备晚餐，罗兰为大家念故事。故事讲的是山洞里住着小矮人和强盗，一个漂亮的姑娘迷路了。当念到最精彩的部分时，罗兰看到末尾写着几个字——"未完待续"，故事就结束了。

"天啊，我们恐怕永远都不会知道那个女孩后来怎么样了。"玛丽遗憾地说，"罗兰，为什么他们只刊登半个故事呢？"

"对啊，妈，这是为什么呢？"

"不会的，"妈说，"下一期报纸上肯定会有另一半的故事。"

罗兰赶快开始找。"啊，找到了，这几张上面也有这个故事！玛丽，这一张上面写着大结局呢。"

"这应该是一个连载故事。"妈说，可罗兰和玛丽从来没听过连载故事，可妈是知道的。

"好，"玛丽开心地说，"我们把下一期报纸上的故事留到明天念吧，然后每天都念一段，这样，故事就会变得很长了。"

"我的女儿真聪明！"妈说。

罗兰只好打消一下子念完这个故事的念头。她把报纸小心地放好，每天念一点儿，这样，她们每天都会期待着下一次的故事，也会更想知道故事中小女孩的经历。

在这些刮着暴风雪的日子里，波斯特太太就拿着针线活儿和毛线活儿过来找她们一起做。到了下午，她们再一起听故事。有一次，波斯特太太告诉她们，在爱荷华州，家家户户都会做陈列架，她要教他们也做一个。

波斯特太太指导着爸做陈列架，首先架子要做成三角形的，这样才方便放进角落里。爸一共做了五个大小不一的架子，最大的放在下面，最小的放在上面，之间用薄木板紧紧地钉在一起。架子做好后，依靠三条腿，稳稳地立在屋子的墙角。高度也适中，妈可以轻而易举地取到最上方的东西。

波斯特太太剪下纸板挂在每层架子上。这些纸板都被剪成了扇形，底部是弧形，中间是大扇形，两侧是小扇形，随着架子的大小，由下往上逐渐变小。

接着，波斯特太太教她们用硬包装纸剪成小方块再折好。她们把每个方形的对角折起来，再对折，最后压平。等折好很多块后，波斯特太太又教罗兰把折纸对角朝下，缝在纸板上。每一排与下面的一排重叠，上一排的三角尖从下一排的两个三角尖之间露出来。每一排的方块随着硬纸板的扇形弧线一字排开。

就这样，她们在暖和的房间里一边做陈列架，一边讲故事、唱歌、聊天。波斯特太太和妈经常聊起放领地的事情，她说她已经带足了蔬菜种子过来，两个菜园子用都没有问题，所以妈就不用担心种子的问题了，因为她会分一些给妈。她还说，等这边的镇子建设起来后，可能就会有种子卖了，不过在那之前可能买不到种子，所以她从爱荷华州朋友家的园子里采了一大堆种子。

"要是我们家能在这边申请到放领地并居住下来，那我就谢天谢地了。"妈说，"希望这是我们最后一次搬家，在我们离开明尼苏达州之前，芙格斯就答应我了，因为我的女儿们得去上学，过文明的生活。"

罗兰说不准她是不是真心想安定下来。她一旦上学了，以后就得教书，她宁愿想些别的，还不如唱歌！对！唱歌！于是她开始轻轻地哼着歌，不想去打扰她们谈话。不过一会儿之后，波斯特太太、玛丽、妈和卡琳就跟着一起唱起来，波斯特太太还教她们唱了两首新歌。罗兰最喜欢那首《吉普赛人的忠告》：

> 漂亮的姑娘，别相信他，
> 哪怕他的嗓音低沉又甜美，
> 哪怕他温柔地跪在你面前，
> 也不要轻易相信他。
> 你的青春才刚刚开始，
> 别让幸福的生活蒙上阴云。
> 听从吉普赛人的忠告吧，
> 漂亮的姑娘，别相信他。

另一首歌是《妮尔，我二十一岁时遇到十七岁的你》。波斯特先生最喜欢这首歌了，因为他与波斯特太太相遇的时候，她正好十七岁，而他正好二十一岁。她原本叫艾拉，不过波斯特先生总叫她妮尔。

她们聊着唱着，一边做着那个陈列架。后来，五层硬纸板都被一排排的尖角方块盖满了，除了第一排顶上露出了针脚，别的地方都看不出缝线的痕迹。波斯特太太在最上面缝了上一条宽宽的棕色纸条，再把纸条往外翻，正好把针脚遮住了。

她们用大头钉把纸板钉在架子上。硬硬的扇形纸板上盖满了尖角方块，都向下垂着。爸小心翼翼地把陈列架和小纸尖角涂成深棕色。等陈列架晾干了，他们就把它摆在墙角，挨着玛丽的椅子。

"陈列架就是这样的吧！"爸说。

"对啊，很漂亮，对吧？"妈说。

"是，非常好看。"

"波斯特太太说，这种陈列架在爱荷华州是很受欢迎的。"妈说。

"嗯，她比较熟悉那边的情况，卡洛琳，你就该用爱荷华州最好的东西。"

晚餐之后的时光才是最快乐的，爸又拉起了小提琴，波斯特先生和太太也加入了唱歌的行列。爸拉着小提琴，大声唱着：

> 当我还是单身汉的时候，
> 我能挣很多很多的钱，
> 那时候，世界真美妙，
> 对我来说真美妙！
> 哦，后来，我娶了太太，
> 哦，后来，我娶了太太，
> 她就是我生活快乐的源泉，
> 哦，世界真美妙！

这首歌的后面部分主要说男人其实娶了一个不怎么贤惠的妻子，所以爸从来都不唱那部分。他向妈眨了眨眼，然后继续唱：

> 她会做好吃的樱桃派，
> 男孩比利！男孩比利！

她会做好吃的樱桃派，

帅气的比利。

她的眼睛闪闪发光，

但她还是个小女孩，

不能离开自己的妈。

这时候小提琴声越来越欢快，爸和波斯特先生合唱了一首。他们唱道：

我赌那匹短尾巴母马，

你赌那匹灰色小马！

若是平时的话，哪怕是歌里唱的，妈也不赞成赌博。不过这次爸唱这首歌的时候，妈也在跟着用脚打拍子。

每天晚上，他们都会唱一首《三只瞎老鼠》，几个人轮流唱。最开始是波斯特先生用男高音唱，接着波斯特太太用女中音唱，然后是爸的男低音加入，再接着罗兰的女高音、妈的女低音，最后是玛丽和卡琳。波斯特先生在这首歌快结束的时候，又接着唱到了开头，于是这首歌又开始了新一轮的接力，大家一遍又一遍地唱着：

三只瞎老鼠！三只瞎老鼠！

紧紧跟在农妇的身后，

气得农妇用刀斩断它们的尾巴！

你是否听过这个故事？

三只瞎眼老鼠的故事。

他们唱着唱着，直到有人忍不住大笑起来，大家也跟着一起笑，歌声这才停下来。爸也会演奏一些老歌，他说："这些曲子是值得躺在床上慢慢回味的。"

美丽的女孩妮莉昨夜去世了，
沉重的钟声为她响起，
我昔日的弗吉尼亚新娘。

还有：

还记得吗？
那个可爱的女孩爱丽丝，
她有一双棕色的大眼睛，
她曾为你的笑容落泪，
也曾为了你的忧愁而颤抖。

还有：

在静静的深夜里，
睡意渐渐向我袭来，
甜蜜的回忆给我带来，
往昔岁月的光彩。

罗兰从来没有这样开心过。因为一些原因，罗兰在大家唱这首歌的时候最开心：

美丽可爱的花朵，

开满了波尼杜恩的山坡与河岸，

为何小鸟的歌声如此婉转？

而我又为何充满了忧愁？

第二十三章
朝圣之路

在一个星期天的晚上，爸演奏了一首礼拜歌曲，大家一起尽情地唱着：

> 我们在舒适的家里愉快地相遇，
> 多么美好啊！
> 当快乐的歌声传来，
> 我们是否要停下幸福的脚步，
> 想想那些沉浸在悲伤、孤寂之中，
> 流着眼泪的人们，
> 让我们伸出手——

突然琴声戛然而止，门外有个人在接着唱：

> 向虚弱疲惫的人伸出双手，
> 向走在朝圣路上的人伸出双手。

爸把小提琴扔到了桌上，跑去开门。冷风从门缝里钻进来，爸走出去关上了门，门外传来响亮的说话声，然后门又被打开了，两个身上满是雪花的人跌跌撞撞地走了进来。爸在后面喊道："我去拴马，很快回来！"

进来的两个人里，其中一个是高个子，戴着帽子和围巾，露出了一双友善的蓝眼睛。罗兰只听见自己尖声大叫："奥尔登牧师！是奥尔登牧师！"

"真的是奥尔登兄弟吗？"妈也惊呼起来，"天啊，真的是你！"

他摘下帽子，这下子大家看清了他充满笑意的眼睛和深棕色的头发。

"奥尔登兄弟，能再见到你真是太高兴了！"妈说，"快来暖和暖和，真是太意外了！"

"英格斯姐妹，我和你们一样，也很吃惊呢，"奥尔登牧师说，"因为上次看到你们一家的时候，你们还住在梅溪。我不知道你们搬到了这里，看看我的乡村小丫头们都长成大姑娘了！"

罗兰高兴得说不出话来，能再见到奥尔登牧师让她太惊喜了。玛丽很有礼貌地说："先生，很高兴再次见到您！"她脸上的表情很快乐，但眼睛却是空洞无神的，奥尔登牧师看了大吃一惊，他看了看妈，又看了看玛丽。

"奥尔登兄弟，这是我的新邻居，波斯特先生夫妇。"妈说。

"我们坐着马车过来，听到你们在唱歌，你们唱的真好！"奥尔登牧师说。

"先生，您唱得也棒极了！"波斯特先生说。

"哦，那不是我唱的，是这位年轻的牧师斯图亚特唱的。"奥尔登牧师说，"我冻得都说不出话来了，不过斯图亚特拥有一头红色头发，我想，这肯定让他十分的暖和。啊，斯图亚特，我来介绍一下，这些都是我的老朋友，这两位是他们的好朋友，所以我们都变成朋友了。"

斯图亚特牧师是个年轻小伙子，还有些孩子气。他的头发像火焰一样红，脸也被冻得通红，眼睛却是亮闪闪的冷灰色。

"罗兰，快准备晚餐吧！"妈系上围裙，波斯特太太也系上了围裙，一起在炉灶旁忙碌起来。她们煮了一壶热茶，还做了些小饼干和炸土豆。波斯特先生则陪着两位客人聊天。爸很快回到了屋子，一起回来的还有另外两个人，他们是两匹马的主人，是来申请放领地的，他们想定居在吉姆河。

"我和斯图亚特只是路过而已。听说吉姆河那里有一个人群定居的地方，叫湖融镇，于是教会让我们来考察一下，准备在那边筹建一个教堂。"奥尔登牧师说。

"铁路路基沿线标识了城镇的位置，"爸说，"不过那里现在还很荒凉，我只听说有个酒馆。"

"听你这么一说，我更觉得有必要在那里建一座教堂了。"奥尔登牧师愉快地说。

客人们吃完晚餐之后，奥尔登牧师走到储藏室门口，罗兰和妈正在那里洗碗。奥尔登牧师先感谢妈做了一顿美味的晚餐，然后说："英格斯姐妹，我注意到玛丽的眼睛失明了，我感到很难过！"

"是的，奥尔登兄弟。"妈说，"有时候，我觉得要完全服从上帝的旨意真是很难。在梅溪的时候，我们得了猩红热，那段日子真是难熬，不过，我还是要感谢上帝，我的孩子们陪着我度过了这段艰难的时期。玛丽虽然遭受了重挫，不过她也给了我很大的安慰，因为她从来没有抱怨什么。"

"玛丽拥有高尚的灵魂，她是我们的榜样。"奥尔登牧师说，"上天给予我们磨难是为了幸福，勇敢的灵魂会从苦难中获得永生。

英格斯姐妹，你和英格斯兄弟知不知道有盲人学校？在爱荷华州就有一所。"

妈紧紧地抓住了碟子的边缘，脸色煞白，把罗兰吓了一大跳。她哽咽地问道："这需要多少钱呢？"

"这个我不是很清楚，英格斯姐妹。"奥尔登牧师说，"要是你想知道的话，我会帮你问一下。"

妈轻声地叹了口气："我们没有什么积蓄，不过……也许，只要花费不是很高的话，我们就会想办法，我一直想让玛丽接受教育。"

罗兰也觉得心跳加速，心都快跳到嗓子眼儿里了，许许多多的想法一起涌进她的大脑，把她的整个思绪打乱了。

"相信上帝，他会为玛丽做出最好的安排的。"奥尔登牧师说，"等你们忙完之后，我们大家开一个祈祷会吧。"

"好的，奥尔登兄弟，"妈说，"我愿意，大家也肯定都愿意的。"

忙完家务之后，她们洗干净双手，脱下围裙，整理好头发。奥尔登牧师此时正在跟玛丽聊天，他们聊得很开心。波斯特太太抱着格蕾丝坐在一边，而爸、波斯特先生正和那两个申请放领地的人聊播种的事情。他说，只要能播种了，他就要种下麦子和燕麦。奥尔登牧师看到罗兰和妈走了过来，于是站起来说，在大家睡觉之前，一起做一次祷告。

所有人都在椅子旁边跪了下来。奥尔登牧师做祷告的时候，屋子里很安静，罗兰觉得自己像一株在干旱的荒漠里苦苦挣扎的小草，而因祷告而来的寂静就像一场凉爽的小雨，簌簌地落在她身上，让她感到心旷神怡。祷告之后，一切似乎都变得简单了，自己的心情也平静很多。她觉得自己变强大了，她只想赶快去工作赚

161

钱，通过自己的努力，帮助玛丽去上学。

波斯特夫妇向奥尔登牧师表示感谢，然后就回家去了。罗兰和卡琳一起把阁楼上的床垫搬到楼下来，妈在炉火旁打了地铺。

"我们只有一张床，"妈抱歉地说，"恐怕被子都不够盖。"

"没关系的，英格斯姐妹，"奥尔登牧师说，"我们有外套呢，你准备的这些已经很好了。"

"对啊，我们会很舒适的，我敢保证。"一旁的斯图亚特牧师也高兴地说，"你不知道，我们发现你们住在这儿的时候有多高兴。我们还以为要一路赶到湖融镇去呢，后来看到你们小屋的灯光，还听到你们在唱歌！"

阁楼上，罗兰在黑暗中帮卡琳解开衣服扣子，她把热熨斗塞到玛丽的脚边，然后三个人就在冰冷的被子下紧紧地抱着取暖，听着爸妈和几个客人的谈笑声。

"罗兰，奥尔登牧师跟我说，有专门为盲人开的学校呢。"玛丽轻声说。

"专门为盲人开办的什么？"卡琳没听清楚。

"学校啊。"罗兰说，"在那里，盲人也可以学知识。"

"可是盲人怎么学习啊？"卡琳说，"他们也要做功课的吧，那看不见的话，怎么做呢？"

"我也不清楚。"玛丽说，"不过，不管怎么样，我都是去不了的。这肯定得花一大笔钱，我想我是没有机会去上学了。"

"妈知道这些，奥尔登牧师告诉她的。"罗兰低声说，"玛丽，也许你可以去上学的，我真希望你能去。我也会好好学习，尽快做一个老师，教书赚钱。"

第二天一大早，罗兰听到了客人们说话的声音和餐具碰撞声，她赶快起床穿上衣服，然后冲到楼下去帮妈一起做早饭。户外天寒地冻，滴水成冰。阳光照进屋子里，每个人看起来都神采奕奕的。客人们吃着早餐，对所有食物都赞不绝口。薄薄的饼干、金黄的炸土豆、酥脆的煎肉片和味道鲜美的肉汤，喝起来还有奶香味。热茶和糖也深受欢迎。

"这种肉真好吃！"斯图亚特牧师说，"我知道这是腌猪肉，可我从来没吃过这么好吃的。英格斯姐妹，能不能教教我，这是怎么做的啊？"

妈觉得有些意外。奥尔登牧师说："我和斯图亚特过来开设教区，建好教堂之后我就要走了，他以后会留在这个地方，所以得学会自己做饭。"

"斯图亚特兄弟，你会做饭吗？"妈问。

斯图亚特回答说他准备边做边学。他随身带了一些食材，有豆子、面粉、茶叶、盐，还有腌肉。

"嗯，这种肉做起来很简单，"妈说，"先把准备好的腌肉切成条，然后放到冷水里，水开之后把肉条捞上来，裹好面粉放进油锅里煎成金黄色。肉片煎得松脆后，把肉片盛进盘子里，多出来的油留下做黄油用。锅里剩下一点儿油，炸一些面粉，然后倒入牛奶，一边煮一边搅拌，这样肉汤就做好了。"

"你能帮我记下来吗？"斯图亚特牧师说，"得放入多少面粉？多少牛奶？"

"这个呀，我还真没有量过。"妈说，"我试着写写吧。"她找出一张纸、一支珍珠柄钢笔、一罐墨水，写下煎腌肉、肉汤、发酵饼干、豆汤和烤豆的食谱。罗兰过来收拾餐桌，卡琳去请波斯特夫妇来参加布道会。

在周一的早上开布道会有点儿奇怪，不过，奥尔登牧师他们马上就要去湖融镇了，大家都不想错过这个难得的机会。

爸拉起了小提琴，大家唱起了圣歌。斯图亚特先生收起妈写下的菜谱，然后为大家做了一个简短的祷告。布道结束后，爸的小提琴又欢快地拉起来，大家一起唱：

> 在那遥远的地方，
>
> 有个幸福的国度，
>
> 圣徒的荣耀如阳光般璀璨，
>
> 听，天使们正在唱歌，
>
> 这荣耀归于上帝。
>
> ……

马车备好了，奥尔登牧师说："在这片新兴的土地上，你们参加了第一次布道会。等春天到来的时候，我会过来建立一个教堂。"他还对玛丽、罗兰和卡琳说："我们将来会有主日学校，明年圣诞节的时候，你们就可以过来帮我布置圣诞树了！"

奥尔登牧师上了马车离开了，给他们留下无尽的期待。他们穿着厚厚的衣服，一直目送着马车向西部行驶而去，一直到看不见为止。马车在雪地上留下了两道清晰的车辙，阳光照射在上面，银白的世界里到处都闪耀着刺眼的光点。

"能在这里做第一次礼拜，感觉真好！"波斯特太太说。

"这里马上就要修建的小镇叫什么名字啊？"卡琳问。

"还没有取名字吧？爸？"罗兰问。

"已经取好名字了，"爸说，"叫德斯梅特，这是一个很早之前就来这里传教的牧师的名字。"

大家都回到了房间，妈说："可怜的小伙子，到时候他得一个人住，自己做饭吃，他照顾不好自己的。"妈说的是斯图亚特牧师。

"他是个苏格兰人！"爸的意思是苏格兰人很顽强。

"怎么样，英格斯，我说得对吧？到了春天，这里肯定会挤满了人的。"波斯特先生说，"你看，现在还不到三月份就已经有两个寻找放领地的人了。"

"确实，我也很着急啊。不管天气好坏，明天一早我就动身去布鲁金斯。"爸说。

第二十四章
人潮涌动的春天

"今晚咱们就不唱歌了，"傍晚爸在餐桌上说，"大家都早点儿睡吧。明天一早我就出门，后天就能申请到放领地了！"

"真高兴，查尔斯。"妈说。

昨天晚上和今天早晨的一通忙乱后，房间里又恢复了平日的安静和整洁。晚餐之后需要做的家务活也已经做完了，格蕾丝在她的小床上睡着了，妈在准备吃的，让爸在去布鲁金斯的路上吃。

"听，外面好像有人在说话！"玛丽说。

罗兰把脸贴在窗户上，用手遮住房间里的灯光，向外张望，只见雪地上有两匹黑马拉着一辆坐满了人的马车。有人在大喊着什么，另一个人跳下了马车。爸出去与他们交谈了一下，然后就回到屋子里关上了门。

"卡洛琳，外面来了五个人，是准备去湖融镇找放领地的。"爸说。

"可是这里没地方住啊！"妈说。

"卡洛琳，我们收留他们过夜吧，"爸说，"这里除了咱们这栋房子，也没别的地方可以休息。他们的马已经很累了，又是第一次出远门，让他们连夜赶路去湖融镇的话，他们可能会在草原上迷路，也可能会被冻死的。"

"好吧，查尔斯，你知道应该怎么办。"妈叹息了一声。

于是，妈开始忙着为这些赶路人准备晚餐。屋子里回荡着他们的皮靴声和很大的说话声。炉火旁边堆满了他们带来的床垫，准备在那里铺床睡觉。晚餐的餐盘还没有来得及洗，妈让罗兰她们赶紧去睡觉。

其实还不到睡觉的时间，但罗兰知道，妈是不愿让她们待在楼下，与那些陌生的男人接触。卡琳和玛丽一起上楼了，罗兰却被妈一把拉住。妈塞给她一根粗木棒。"把这个插到门闩上，这样就没人能打开门了。明天早上，我叫你们的时候你们再下来。"

到了第二天清晨，太阳都升起来了，罗兰、玛丽和卡琳还躺在床上，听着下面传来餐具碰撞的声音，还有陌生人说话的声音。

"妈昨天说，她叫我们，我们才能下去。"罗兰说。

"真希望这些人快点儿离开这里，我一点儿也不喜欢陌生人。"卡琳说。

"我也是，妈也不喜欢。不过，他们是第一次出远门，估计要磨蹭一会儿才能上路。"罗兰说。

那些人终于走了。吃午餐的时候，爸说明天再动身去布鲁金斯。"我得一大早出门。太阳出来再走的话，晚上就不能赶到那里了。这么冷的天，实在不适合在外面露宿。"

没想到，那天晚上又来了更多的陌生人，到了第二天晚上来的人更多。"天啊，我们就不能过一个安静的夜晚了吗？"妈说。

"卡洛琳，我也没有办法。我们不能拒绝他们，这里也没有别的地方供他们休息了。"爸说。

"我们得向他们收取一定的费用，查尔斯。"妈说。

虽然爸并不愿意收取这些费用，但是他知道妈说得对，所以他就开始收费了。每顿饭每个人二十五美分，一个人或一匹马过一夜也收二十五美分。

这些天以来，大家不能唱歌了，也没有美味的晚餐，过去那样美好的夜晚再没有了。因为每天晚上都会有很多陌生人走进房子，围在餐桌上吃饭。几乎是刚洗净碗盘，就又来了一群人。玛丽和罗兰她们也只能在楼上待着，门闩上别着大木棍。

这些人从爱荷华州、俄亥俄州、伊利诺伊州、密歇根州、威斯康星州、明尼苏达州，甚至遥远的纽约州和佛蒙特州赶到这里来。他们都是去湖融镇、皮埃尔堡或更远的西部地区申请放领地。

有一天早上，罗兰坐在床上仔细听着楼下的声音，"怎么没听

到爸的声音？波斯特先生倒是在说话，爸去哪了？”

“应该是去申请放领地了吧。”玛丽说。

当楼下的那些陌生人上了马车离开之后，妈就让她们几个下楼了，告诉她们说，爸早就出发去布鲁金斯了。“你们的爸也不想这样匆忙，不过他必须抓紧时间，要不然那块土地也许就被别人申请了。我们没想到竟然会有这么多人来，这才三月份呢。”

这是三月份的第一个星期。房门被打开了，空气中有了春天的味道。

“三月初就像小羊羔一样，到了月末，就变成大狮子了！”妈说。

“好了，孩子们，还有许多活儿要做呢。趁其他过路人到来之前，咱们赶快收拾一下房子吧！”

“真希望爸回来前不要有人来了。”罗兰一边嘀咕一边和卡琳一起清洗着一大堆碗盘。

“也许不会有人来了。”卡琳说。

“爸不在家的时候，波斯特先生会过来帮忙照看的。”妈说，“波斯特先生和太太住到我们的卧室里，我和格蕾丝去楼上跟你们一起睡。”

波斯特太太来帮忙了。她们一起打扫房间，移动床铺，总算在傍晚收拾好了一切。她们都累坏了。太阳落山的时候，她们看到东边有辆马车驶来，车里面坐着五个人。

波斯特先生将他们的马牵到马厩拴好，波斯特太太和妈就为他们准备晚餐去了。这五个人还没吃完饭呢，又有四个人到了这里。罗兰收拾好桌子，洗完碗，为他们把晚餐端上桌。他们正吃着，第三辆马车载着六个人赶来了。

玛丽已经上楼去了。卡琳关上门，在卧室里唱着歌哄格蕾丝入睡。罗兰继续清理桌子，忙着洗碗。

"真是让人犯愁，"妈对波斯特太太说，"地板上也睡不下十五个人啊！只能在耳房那里放些床垫了，就让他们用自己的衣服和毯子当铺盖。"

"罗伯特会安排好的，我一会儿跟他说一下。希望不要再有别的马车过来了。"波斯特太太说。

罗兰一直在忙，不停地收拾桌子，清洗餐具。房间里坐满了陌生人，到处都是陌生的声音、陌生的衣服，还有很多沾满泥土的靴子，罗兰几乎没法从人堆里挤过去。

终于，所有人都吃完了饭，所有的碗盘也洗干净了。妈抱着格蕾丝跟卡琳和罗兰上了楼，然后小心翼翼地闩上了门。玛丽已经睡着了，罗兰困得眼睛都快睁不开了，她迷迷糊糊地脱了衣服，可是刚一躺下就被楼下的吵闹声惊醒了。

楼下有人在大喊着，还有人不停地来回走动，妈坐起来仔细听，楼下的卧室似乎没什么动静，波斯特先生没有出去看，说明那些声音没什么问题。妈就躺下了。可吵闹声越来越大，有时会停一会儿，然后再迸发出来。一阵撞击声让整栋房子都震动了起来。罗兰坐起来，问："妈，楼下发生什么事了？"妈轻声说："罗兰，安静，躺下睡觉吧！"

罗兰实在太困了，尽管楼下的吵闹声折磨着她，她也很快就睡熟了，接着又被一阵声响吵醒了。"罗兰，别害怕，波斯特先生在下面会处理好的。"妈说，罗兰这才放心地又睡着了。

第二天早上，罗兰被妈叫醒："快起床，该去准备早餐了。轻点儿声，让她们再睡会儿。"

于是罗兰迅速地穿好衣服，跟妈一起下楼了。波斯特先生已经把地上的床垫收了起来，那些刚刚睡醒的陌生人正在穿靴子和外套。妈和波斯特太太匆忙做早餐。这么多人吃饭，餐桌根本不够用，餐具也不够，罗兰不得不摆了三次桌子，洗了三次碗。

吃过早餐之后，那些人终于陆陆续续离开了，妈这才去楼上叫玛丽和卡琳起床，然后和波斯特太太一起为大家准备早餐。罗兰也洗好了所有的碗盘，摆好了餐桌。

"我的天，昨天晚上真是太吵了！我整个晚上都没睡着。"波斯特太太说。

"怎么了？"玛丽问。

"他们喝醉了。"波斯特先生说，"我看他们喝了很多威士忌酒，一大壶呢。我原本想出去劝阻一下的，但十五个酒鬼，我没办法让他们不喝，只好由着他们胡闹，只求别把房子烧了就行。"

"谢天谢地，他们没有把房子烧了。"妈说。

有一天，一个年轻小伙子拉着一车木头过来了。他说他叫辛兹，是从布鲁金斯来的，想到这里来开一个商店。他向妈请求，在建商店的时候，能在罗兰家里吃饭。妈不忍拒绝他，因为这里没别的地方可以吃饭了。

后来又来了一对从大苏河赶来的霍森父子。他们也拉了木头过来，准备盖一间杂货店。他们也想来罗兰家吃饭。妈同意了，她对罗兰说："多几个人跟我咱们一起吃饭，也不碍事的。"

"英格斯要是再不回来，这里就快要盖出一个镇子了。"波斯特先生说。

"我只希望他能顺利地申请到放领地。"妈担忧地说道。

第二十五章
爸 打 赌

罗兰感觉那天像是在做梦一样，昏昏沉沉的，哈欠连天却一点儿睡意也没有。

到了中午的时候，辛兹先生和霍森父子来吃午餐。下午，罗兰听到了他们敲打房子屋架的声音。

那天晚上爸没回来，第二天白天也没回来，到了晚上还是不见他的踪影。罗兰想，申请放领地肯定很困难，也许还没有申请到呢。如果这样的话，他们就得搬到更西边的俄勒冈去了。

妈不再让陌生人住到家里来，除了辛兹先生和霍森先生父子，他们在炉火旁睡地铺。天气已经没有那么冷了，后来的人可以在他们的马车上过夜，不至于被冻到。妈为他们提供晚餐，不过每个人都要收二十五美分。夜深了，妈和波斯特太太还在做饭，罗兰忙着洗碗。来吃饭的人太多了，妈都没精力记人数了。

到了第四天的下午，爸终于回来了。他把马牵去马厩，对着大家挥了挥手，然后笑着走进屋子，大声宣布："哈哈！卡洛琳，孩子们！我们已经申请到放领地啦！"

"申请到了？"妈喜出望外。

172

"我不就是去申请放领地的吗？"爸笑着说，"骑马赶路真是太冷了，我得先烤烤火去。"

妈赶紧去把火苗拨旺，然后把茶壶放了上去。"查尔斯，你这次去碰到什么麻烦了吗？"

"我说了你可能都不会相信，"爸说，"那场面真是太壮观了，好像整个国家的人都去申请放领地了。我第一天晚上就到了布鲁金斯，结果第二天去地政办公室的时候，发现里面已经挤满了人，我都没办法靠近了。所有人都在排队，那队伍排得很长很长，我一直排到晚上都没轮到。"

"爸，你不会就在那里站了一天吧？"罗兰问。

"的确是站了一天呢，我爱操心的姑娘，整整一天呢！"

"整整一天都没吃饭，也没休息？"卡琳问。

"好啦，这不算什么，我当时就是担心人太多了，怕别人在我之前申请了那块放领地。卡洛琳，你绝对没见过那么多人。但是，与后来发生的事相比，我开始的担忧根本就算不了什么。"

"后来怎么了，爸？"罗兰问。

"让我歇一歇，我爱操心的姑娘。"爸说，"地政办公室下班之后，我跟着人群去旅馆吃饭。吃饭的时候，我听到有两个人在聊天，其中一个已经申请了湖融镇的一块土地，另一个人则说德斯梅特镇比湖融镇更好，然后他就说到了我去年冬天看中的那块土地。他说他第二天一早就要去申请，那已经是德斯梅特镇附近最后一块土地了，所以他一定得去申请，哪怕他都没有亲自去看过那块地。"

"我一听就明白了，决定无论如何要赶在他之前申请到那块放领地，所以想第二天一大早就去排队，后来觉得自己不能这么大意，万一失败就真的没机会了。于是我吃过晚餐之后，就立刻赶回地政办公室了。"

"办公室不会已经关门了吧?"卡琳说。

"没错,办公室关门了。所以我打算在办公室门前坐一个晚上。"爸说。

"查尔斯,你不用这么拼命吧?"妈为他递上一杯热茶。

"不用这么拼命?"爸说,"我可不是唯一这么想的人,你真应该看看那个混乱的场面!幸好我是第一个在那里等的人,夜里就已经有将近四十人在排队了。排在我后面的,刚好就是那个要申请我们那块土地的人。"

"爸,他们不知道你要申请那块土地吧?"罗兰问。

爸吹了吹杯中的热茶,喝了一口,然后说:"他们不认识我。可是后来有个人走过来,跟我打招呼,说:'你好啊,英格斯先生,你是在银湖郇边过冬吧?是要在德斯梅特定居下来吗?'"

"天啊,爸!"玛丽惊叫了一声。

"是啊,他这一喊简直是火上浇油。"爸说,"不过我心里清楚,我要是从这里离开一步,以后就再也没有机会了,所以我一直在那里守着。等到太阳快升起来的时候,人越来越多,这时候地政办公室的门外,恐怕有几百人了,人们互相推搡着,根本就不按秩序排队,那些人就像疯了一样。"

"终于到了办公室开门的时间了,卡洛琳,再给我倒些热茶吧。"

"爸!"罗兰着急地说,"快接着说啊!"

"就在办公室大门刚一打开的时候,那个已经在湖融镇取得放领地的家伙就把我推开了,对着那个想申请这块地的人说:'你快冲进去,我来把这人挡住!'当时的情形很紧急,我要是想进去,就必须跟这个拦我的人打架,可另一个人肯定就会抢到我的地。我正着急时，突然有个人重重地扑到拦我的那个人身上，大喊着"英格斯，你快进去！我来对付他！哇——嘿——嘿！"

爸学出了那个人的叫声，又长又尖的声音好像山猫的叫声。

"天啊，查尔斯！"妈说。

"你们肯定猜不出这个人是谁。"爸说。

"是爱德华先生！"罗兰说。

"你是怎么猜到的？"爸很惊讶。

"在印第安保留区的时候，他就是那么叫的。他说自己是一只从田纳西州来的山猫！"罗兰说，"爸，爱德华先生现在在哪儿呢？他没跟你一起回来吗？"

"他没有跟我一起回来。"爸说，"我说了半天，他却说已经在南边申请到放领地了，他得回去守着，以免别人来抢。卡洛琳，他要我代他向你问好呢，还有玛丽和罗兰。我们真得感谢他，多亏了他我才能申请到放领地。天啊，是他带头打了一架。"

"爱德华先生没事吧？"玛丽焦急地问。

"没事，连擦伤都没有，卡洛琳，你别担心。他只是先动手打了那个人，不过我一进办公室填表，他就离开了。不过后面排队的人似乎更乱了，简直……"

"结果是好的就好了，查尔斯。"妈打断了爸的话。

"我也是这么想的，卡洛琳。"爸说，"结果好就行了！孩子们，我用十四美元与美国政府打了个赌，结果赢得了一百六十英亩的土地。接下来，我们要靠自己的努力，在这片土地上生活五年，你们会帮我赢得这场赌局吗？"

"当然啦！爸，我们会支持你的！"卡琳迫切地说。

"会的，爸！"玛丽也开心地说。

"一定会的，爸！"罗兰一脸严肃地保证着。

　　"我不想把它当成赌博。"妈温柔地说。

　　"其实人生就是一场赌博，卡洛琳，"爸说，"除了死亡和纳税之外，没有什么事情是绝对的。"

第二十六章
盖房热潮

夕阳从西边的窗户里斜射进来，没时间再跟爸聊下去了。"我们得开始准备晚餐了，他们很快就来了。"妈说。

"谁？"爸问。

"妈，你先不要说！"罗兰央求妈。"爸，这是一个惊喜哦！"她说着，转身飞快地跑去了储藏室，在几个空了的豆子罐里拿出了钱袋，钱袋里装满了零钱，"爸，你看！"

爸惊讶地用手掂了掂，然后抬头看着罗兰她们，大家都满脸笑容。"卡洛琳，你和孩子们怎么挣了这么多钱？"

"爸，你打开看看。"罗兰兴奋地说。爸解开了钱袋，罗兰迫不及待地说："里面有十五美元二十五美分！"

"真是难以置信！"爸说。

罗兰和妈开始准备晚餐了，一边忙碌一边向爸讲述这些日子都发生了什么。就在这时候，一辆马车到了。那天晚上，一共有七个陌生人来罗兰家吃饭，她们一共挣了一美元七十五美分。现在爸回来了，就可以让他们在房间里打地铺睡觉啦。罗兰此刻一点儿也不在乎刷碗有多累，也不觉得困。现在家里正慢慢变得富裕起来，而她自己为此付出了很多努力。

第二天早上，罗兰吓了一大跳，因为有那么多人来吃早餐，她们忙得连说话的时间都没有了。罗兰都来不及刷碗，等终于刷完所有的碗之后，又得去打扫脏兮兮的地板，接着就去准备午餐要用的土豆。她只能在倒垃圾的空隙看看蔚蓝的天空和朵朵白云。她看见爸拉着一车木材去镇上了。

"爸这是要去干吗？"她问妈。

"他想到镇上盖一所房子。"妈回答。

"给什么盖？"罗兰接着问，顺道拿起扫把清扫地板。她的双手因为不停地刷碗，皮肤被水泡得起皱了。

"罗兰，你应该说：'是给谁盖的？'"妈纠正道，"当然是给我们自己盖啊。"说完便抱着床垫去外面晾晒了。

"我们不是要搬到放领地去住的吗？"罗兰在妈回屋的时候不解地问道。

"那得六个月之后才能过去呢。"妈说，"现在大家都在镇上，抢着盖商店，土地占用得很快，你爸觉得在镇上建一栋房子能赚到钱。他拉来了搭铁路棚屋的木材，准备搭一间商铺卖。"

"妈，我们又能赚钱了！真是太好了！"罗兰开心地说，手里的扫把挥舞得更有力了。

妈抱着另一个床垫出去晾晒，她说："罗兰，压住扫把，别那么用力，把灰尘都扫起来了！我们是都在赚钱，不过不能还没孵出鸡蛋呢，就开始数小鸡了。"

那个星期过得很快，因为每天都有固定的人来吃饭，有的是在镇子上盖房子的人，有的是在自己放领地上盖房子的人。从早上到深夜，罗兰和妈忙得团团转，几乎没有休息时间。一整天都有喧闹的马车从门前驶过，从布鲁金斯运送过来一车车木材，一栋栋黄色框架的房子拔地而起，就沿着铁路路基，一条主街道已经初见规模了。

每天晚上，大房间和耳房里都有很多人在打地铺。爸和投宿的人一起睡在地板上，这样玛丽、罗兰和卡琳就能和妈、格蕾丝一起睡在卧室里了，阁楼腾了出来，可以住上更多的人。

现在储藏室的食物已经基本上吃完了，妈只好去购买面粉、盐、豆子、肉和玉米粉，所以根本赚不了多少钱了。妈说这里的物价是明尼苏达州的三四倍。而且这里运输不方便，道路上都是泥巴，马车又拉不了多少货物。不过能从每顿饭里挣点儿钱也是好的，总比没有强。

罗兰想着有时间能去看看爸在镇上建的房子，然后跟爸聊聊天。不过，她根本没机会。爸总是跟那些来这里吃饭的人在一起，吃完饭又赶着去做工了，罗兰压根儿找不到时间和他说话。

在短短的一段时间之内，一个小镇就在辽阔的草原上出现了。又过了两个星期，在那条主要的街道上，很多没有刷油漆的房子的前面都立起了薄薄的装饰墙。那些陌生人已经住进了没完工的屋子里，烟囱里冒出了炊烟，玻璃窗在阳光下闪着光。

有一次，那些人在家里吃饭的时候，罗兰听到一个人说自己准备盖一间旅馆。前一晚他已经从布鲁金斯拉来了一车木材，他的太太随后也会拉一车木材过来。"我们的旅馆在一星期之内就可以开门营业了！"那人说。

"很高兴听到这个消息，先生。"爸说，"这个小镇正需要一家旅馆，你们的生意肯定很火的。"

混乱嘈杂的日子就这么匆匆结束了，和开始的时候一样突然。一天晚上，罗兰一家在吃晚餐，房间里终于没有了别人。属于他们自己的宁静又回来了，就像暴风雪过后的寂静，也像久旱逢甘霖那般舒心。

"我不得不说，这段时间，我真不知道自己原来这么累。"妈感叹道。

"卡洛琳，在这段为陌生人工作的日子里，你和孩子们一起坚持了下来，我真是感到高兴。"爸说。

他们没有多说话，享受着一家人安安静静吃晚餐的快乐。

"我和罗兰数了数，我们一共赚了四十多美元。"妈说。

"准确地说，是四十二美元五十美分。"罗兰说。

"我们会好好存放的，尽量不去用它。"爸说。

罗兰想，尽量把这笔钱存起来，这样玛丽就能用它去上学了！

"估计测量员们很快就会回来了，我们得准备一下搬走了，给他们腾出房子。"爸说，"我们可以先住到镇上去，等我卖出了那个商店，咱们再搬到放领地去。"

"就这么决定了！查尔斯，我明天就清洗被褥，打包行李。"

第二天，罗兰帮妈清洗所有的被子和毯子，她高兴地拿着一篮清洗干净的衣服和被子出去，摊在晾衣绳上。三月的天气虽然有点儿凉，但是让人嗅到了早春清香的味道。一辆辆马车沿着满是泥泞的道路向西驶去。银湖岸边和大沼泽的中间还有一点儿冰碴。湖水跟天空一样碧蓝透亮，在天空的远处，有一队小黑点从南方飞来，野雁孤寂的啼叫声隐隐约约从远方传来。

爸匆匆忙忙地走进屋里。"春天的第一群大雁回来了！孩子们，中午烤大雁肉吃怎么样？"说完，他就拿着猎枪出去了。

"哇，太好了！"玛丽说，"烤大雁肉要塞上鼠尾草才行！你觉得如何呀，罗兰？"

"不，你知道我不喜欢吃鼠尾草的。"罗兰说，"我要在里面塞洋葱吃！"

"可我不喜欢吃洋葱啊。"玛丽说,"我要吃鼠尾草!"

罗兰本来在擦地板,这时候停下来,跪坐在地上说:"我可不管你爱吃什么,反正我不爱吃鼠尾草。有时候,我觉得我也应该得到自己想要的东西。"

"孩子们,你们在干什么!"妈惊讶地说,"你们是在吵架吗?"

"我要吃鼠尾草!"玛丽说。

"我要吃洋葱!"罗兰喊道。

"孩子们,我不明白你们到底怎么啦。"妈有些难过,"你们这是在说什么傻话,我没有鼠尾草,也没有洋葱啊。"

这时,爸推门进来,平静地把枪挂好了。"我没有打到大雁,它们到了银湖之后就直接往更北边飞走了。它们一定是看到了建起的新房子,听见了喧闹声。看来,以后这边就没有什么可捕猎的了。"爸说。

第二十七章
到小镇去住

　　小镇正在建设中，周围的嫩绿的小草从泥里钻了出来，没过几天就变成了绿油油的一片。在阳光的照耀下，银湖湖水碧波荡漾，蓝天白云倒映其中。

　　罗兰和卡琳慢慢向着小镇走去，玛丽走在她们两人中间，满载的马车跟在她们身后，爸、妈和格蕾丝坐在马车上，马车后面拴着奶牛艾伦。他们要搬到小镇上去住。

　　测量员们已经回来了，波斯特夫妇也已经搬到了放领地，所以罗兰一家只得搬到爸那所还没完成的房子里去，除此之外，再没有别的住所了。罗兰走在人来人往的小镇上，觉得很陌生，一种前所未有的孤单和恐惧向罗兰袭来。这个小镇让一切都变了模样。

　　小镇主要的街道上，人们都忙着盖房子。地上都是刨花、木屑和小木块，刚长出来的青草都被压倒了，车轮在路面上碾出一道道深深的痕迹。透过没有钉木板的房屋框架和房子之间的小巷子，看得到街道尽头那片宁静的绿色大草原。可小镇上却是一片嘈杂，锯木头的声音、锤子敲打的声音、木箱撞击的声音、卸木板的声音混合着人们大声喊叫的声音，吵成了一片。

罗兰和卡琳不安地待在路边，等爸的马车赶到她们身旁，才扶着玛丽跟在车后，一直走到街角那里，房子就盖在那儿。

这所房子的装饰墙在正面高高矗立着，遮去了半边天空。房子有一个正门，两边各有一扇窗户。从正门进去，是一间长长的房间，另一头有一个后门，那里也有一扇窗户。地上铺着宽宽的木板，墙也是用木板搭成的，阳光从缝隙中照进来。这就是爸盖的新房子。

"这房子还不够暖和，也不够结实，卡洛琳。"爸说，"壁板和天花板我都还没有弄好，房檐下的缝隙也还没有堵好。不过幸好现在已经是春天了，我们应该不会觉得很冷，而且，我会尽快把房子修好的。"

"先得弄个梯子过来，这样才能上阁楼去。"妈说，"我再弄一个帘子，在你建好隔墙之前，隔出两个卧室来睡觉。现在天气转暖，天花板和壁板可以不用急着弄。"

爸牵着奶牛和马去了马厩，拴好之后再回到屋子。他架好炉灶，然后在房间里拉好一条绳子，妈就可以挂上帘子了。妈挂帘子时，罗兰帮着爸架床，然后和卡琳一起铺床。玛丽逗格蕾丝玩，妈就去准备晚餐了。

他们吃饭的时候，灯光照在白色的帘子上，可是房间的另一头却黑漆漆的，寒冷的空气透过墙壁的缝隙钻了进来，灯光不断地闪烁着，帘子也随风摆动。这个房间太空旷了，罗兰甚至觉得外面有陌生人在靠近。在外面那些陌生人的房子里，也透出了点点灯光，还有人提着灯在街上走动，传来了隐隐约约的说话声。夜深人静时，罗兰依然能觉得自己被拥挤的人群包围着。她和玛丽在房间里躺着，看着帘子不停飘动，静静地听着各种响动，突然间了有一种被困在这里的感觉。

深夜里，她有时候梦见狼嚎声，可她明明是躺在床上，只有风在呼啸。她觉得自己很冷，好像醒不过来了似的，被子似乎太薄了，她只能紧紧挨着玛丽。睡梦中，她全身绷得紧紧的，冻得直哆嗦，过了好久，她的身子才暖和起来。突然，她听到爸在唱歌：

> 啊，我像向日葵那么幸福，（啪！啪！）
>
> 在微风吹拂下点着头，摇曳着，啊！（啪！啪！）
>
> 我的一颗心，（啪！）
>
> 如此轻柔，（啪！）
>
> 好像微风在吹啊吹，（啪！啪！）
>
> 吹得树叶悠悠地飘落。（啪！啪！）

罗兰睁开了眼睛，从被子里露出头来往外看。这时有一片雪花落到她脸上，好大一片雪花！罗兰不禁叫了一声。"躺着别动，爸说，"你们都躺好，不要乱动，我这就把你们从雪里弄出来。等我生好了炉火，帮你妈铲掉雪马上就过来。"

罗兰听到了炉子盖被打开的声音，然后是划火柴的声音和火苗噼里啪啦的声音。罗兰躺着一动不动，身上的被子压得重重的，她浑身暖洋洋的。

爸很快出现在帘子后面。"床上的雪足有一英尺厚的雪。"他大声说，"不过我很快会把雪铲走的。你们躺着别动，很快的。"

罗兰和玛丽躺着一动不动，让爸把她们被子上的雪铲掉。雪没了，可她们忽然觉得越来越冷了，她们冷得直哆嗦，看着爸铲走了卡琳和格蕾丝被子上的积雪。后来爸出去了，应该是去马厩那边把奶牛和两匹马也从积雪里弄出来。

"孩子们，快起来吧，"妈喊道，"拿好衣服，来火炉这边穿。"

罗兰从被窝里跳了出来，然后抓起衣服，抖了抖上面的积雪，一边光着脚踩在有积雪的地板上，跑到炉火边上去了。她对玛丽说："你先等等，我把你衣服上的积雪都弄干净了，你再起来。"她用力地甩了甩自己的衬裙和裙子，把上面来不及融化的积雪都抖掉。然后再抖抖袜子，倒掉了鞋子上的雪花，然后穿上。她动作麻利，一穿上衣服就觉得浑身暖和了。她走回去把玛丽衣服上的积雪弄干净，然后扶着玛丽到炉火边穿衣服。

卡琳又叫又跳地跑过来，一边哆嗦，一边笑着说："雪花好像在挠我的脚呢！"她觉得自己在雪堆里醒过来是件很有意思的事情，所以非常兴奋，等不及罗兰帮她抖落衣服上的雪就跳下了床。罗兰帮她穿好衣服，然后自己也穿上外套，开始动手把屋子里的雪都扫在一起，堆到房间后面的角落去。

罗兰从窗户往外看，街道上也堆满了积雪，堆在一起的木头变成了一座座小雪山。那些光秃秃的木材从雪堆里伸出来，看上去十分单薄。太阳出来了，积雪反射出玫瑰色的光芒，那些凹进去的地方就变成了蓝色。冰冷的风吹进屋子，房间里很冷。

妈在火炉边上烘烤着自己的围巾，等烤暖和了之后就给格蕾丝戴好，然后让玛丽抱着她坐在火炉旁的摇椅里。炉火烧得很旺，房间里变得暖和了些。妈把餐桌放到了炉子旁边，等爸回来的时候，早餐已经准备好了。

"这房子还真是个不错的筛子，"爸说，"把雪从墙缝和屋檐处筛进屋来，这场暴风雪真是太厉害了！"

"我们整个冬天都没碰到暴风雪，居然在温暖的四月遇上了。"妈有些苦恼。

"还好是晚上刮起来的，那时候人们都在屋里睡觉呢。"爸说，

"要是白天的话，人们在外面干活儿，肯定会有人被冻死的。谁都没想到，四月份了竟然还会有暴风雪。"

"肯定不会冷太久的。"妈说，"都说四月下雨，五月花开，那四月下雪会带来什么呢？"

"至少有一样东西，那就是隔墙。"爸说，"今天我就要建一道隔墙，这样炉火就不会散得太快。"

爸说到做到。他一直都在炉火旁边锯木头、敲钉子。罗兰和卡琳帮着爸扶住那些木板。新的隔墙固定好之后，就隔出了一个房间，里面有炉子、餐桌、床。从小房间的窗户往外眺望，看得到外面覆盖着白雪的草原。

爸搬进一些还有积雪的木材，他要去堵房檐下的缝隙。"无论如何我都要把这些缝隙堵上！"他说。

镇上所有的房子都传出锯木头、钉钉子的声音。"比利兹太太真是不走运，他们开了家旅馆，可房子还没修好呢。"妈说。

"国家不就是这样建设起来的吗？"爸说，"在头顶上建，在脚底下建，不停地建设。要是等样样齐全了再动手，那我们就没法得到称心如意的东西了。"

几天之后，暴风雪停了，春风吹过草原，送来草原上泥土和青草的芳香。太阳升起的时间越来越早，蔚蓝的天空中从早到晚都回荡着野鸟的叫声。不过罗兰只看到成群的野鸟在空中飞翔，却很少有落在银湖上的。有几只疲惫不堪的鸟会在天黑之后落在沼泽地里休息，第二天日出之前就飞走了。这些野鸟都不喜欢人声嘈杂的小镇，罗兰也不喜欢。罗兰心想："我情愿待在大草原上，和小草、野鸟、爸的小提琴做伴，哪怕还会有狼。无论怎么样，都比这个满是泥泞和吵闹的小镇要好，这里几乎都是陌生人。"爸，我们什么时候搬到放领地去？"她问。

"等这所房子卖出去了就搬过去。"爸回答。

每天都有很多马车来到小镇，沿着街道走过，经过罗兰家的窗户前。小镇上每天都充满了敲钉子的声音、靴子疾步走的声音，还有人们的说话声。铁路工人们忙着铲平地面，赶马的人忙着把枕木和铁轨卸下来。等到天黑了，那些人就会去酒馆里大吃大喝一顿。

卡琳对这个小镇充满了好奇，她经常站在窗户旁边往外望，一看就是几个小时。有时候，妈允许她去对面街道找两个同龄的小女孩玩，不过，通常是那两个小女孩过来找卡琳，因为妈不愿意让卡琳离开她的视线。

"罗兰，你不要总是这样烦躁，我很担心。"有一天妈说，"你以后要去当老师，不如现在就开始试试。你现在就给卡琳、露易丝和安妮当老师吧，好吗？这么一来，卡琳能待在家里了，你也有事情做了，对我们大家都好。"

罗兰可不觉得这是什么好主意，她并不想当老师，不过她也没有说什么，还是答应了妈的提议。她想自己可以试一试。

于是第二天上午，露易丝和安妮来找卡琳的时候，罗兰告诉她们说可以教她们读书。她让女孩们坐成一排，开始教她们念妈的旧课本里的一篇文章。

"现在你们自己学习十五分钟，"罗兰告诉她们，"然后我会检查你们的背诵。"

女孩们睁大眼睛，虽然感到非常意外，但也没有说什么。她们低着头开始学习，罗兰就坐在她们前面。这十五分钟简直太漫长了！过了一会儿，罗兰又教她们拼写和算术。一看到她们坐立不安，罗兰就让她们坐好，想说话的时候要先举手。

终于挨到了吃午饭的时间。妈对她们说："你们表现得非常好。

那么，露易丝和安妮，以后你们每天早上都过来吧，罗兰会教你们功课。请转告你们的妈，晚上我去你们家拜访，告诉她们这个事情。"

"好的，夫人，再见！"露易丝和安妮没精打采地说。

"罗兰，只你要勤奋好学，坚持下去，就会成为一名合格的老师。"妈对罗兰说。

"好的，谢谢妈。"罗兰说完，想了一下，接着说，"我当了她们的老师，肯定会好好努力的。"

接下来的几个早上，棕色头发的安妮和红色头发的露易丝一天比一天来得晚，而且越来越不听话，罗兰觉得教她们很困难。她已经不再要求她们坐好了，因为她们根本做不到。终于有一天，她们不来了。

"她们太小了，根本就不懂得珍惜学习机会，但是不知道她们的妈是怎么想的。"妈说，"罗兰，不要难过，不管怎么样，你都已经走出第一步了，在德斯梅特已经教过书了。"

"我不难过。"罗兰说。她其实真的很高兴，终于可以不用教书了，打扫地板的时候她都在哼着歌。

卡琳看着窗外，大喊道："罗兰，快来看啊！出事了！可能就是因为这个原因她们才没有来！"

旅馆的门前聚集了很多人，而且还有更多人赶过来，这让罗兰想起了那次发工资爸被工人团团围住的事情。过了一会儿，罗兰看见爸从人群里挤了出来，回家了。

他严肃地推开门走进来，说："卡洛琳，你想不想现在就搬到放领地去？"

"今天吗？"妈问。

"后天吧，明天我先去那里盖一间房子。"爸说。

"查尔斯，你先坐下来跟我说说，到底发生了什么事。"妈说。

"有个人被杀了。"爸坐下来说。

"在这里发生了谋杀案？"妈惊讶地瞪大了眼睛。

"就在小镇南边。"爸站了起来，"有一个人想抢占放领地，杀死了亨特。亨特以前就在铁路上工作，他申请了放领地之后，昨天跟他父亲一起骑马去了那里。到了放领地的小屋，发现有人住在那里。有一个人从门里走出来，盯着他们。亨特问那个人，为什么会在那里，可那个人直接就开枪打死了亨特。他还想把亨特的父亲也打死，不过老人及时逃走了。亨特父子没有带枪，老人今天早上赶到米切尔县，然后带着警察回到了放领地。警察把那个杀人的家伙逮捕了。我觉得，这样的人，判处绞刑都不为过。要是大家早点儿知道，就不会出这样的事了！"

"查尔斯！"妈说。

"好了，我们还是赶紧搬到放领地去吧，免得有人来抢。"爸说。

"我同意。不管你盖什么样的房子，我们都尽快搬过去。"妈说。

"现在就给我做点儿饭吃，吃完好动工。"爸说，"我去拉一车木材，再找个人来帮忙，下午就能盖一间小屋，明天我们就搬家。"

第二十八章
搬　家

"快起床！我们今天要搬家了！搬到放领地去！小懒虫，快起床啦！"罗兰大喊着，双手用力摇了摇被子下的卡琳。

一家人匆匆地吃了早餐，连说话都没顾上，然后罗兰迅速地收拾了餐桌，洗干净碗盘，卡琳也在帮忙。妈把最后一个箱子装好，爸把马套好。这次搬家是罗兰所经历的最快乐的一次。妈和玛丽很高兴，因为搬到放领地之后就不会再四处奔波了，一家人将在那里定居。卡琳兴高采烈，因为她一直想要去看看放领地。罗兰很高兴，那是因为她们终于可以离开这个小镇了。爸也很高兴，是因为他最喜欢搬家了。格蕾丝高兴得手舞足蹈，是因为大家都这么高兴，她也就跟着高兴。

餐具全部擦干后，妈把它们收到了桶里，这样就不会被磕破了。爸把箱子和那只桶搬上马车，等妈取下了炉灶上的烟囱，爸把烟囱和炉灶都搬到马车上，然后把桌椅放到最上面。看着满满一车东西，他捋了捋胡须，说："我得来回两趟，才能把这些东西都运走，卡洛琳，你和孩子们收拾剩下的东西吧，我先运一趟过去，一会儿再回来。"

"你一个人怎么卸下炉灶呢？"妈说。

"我有办法的，"爸说，"能搬上去就能搬下来，我会用滑板弄的，那边有木材。"

爸赶着马车走了。罗兰和妈一起把床垫包好，然后拆掉了爸妈的大床架和镇上新买的两个小床。油灯立着收进盒子里，这样煤油就不会漏出来了。她们在灯罩里塞了一些纸，然后用毛巾包起来，放在灯旁边。所有的东西都收拾好了，就等爸回来了。

爸回来后，把床架子和箱子装上马车，再把铺盖卷放在上面。罗兰把小提琴盒子递过去，爸把它塞到了被子里。他把陈列架放在最上面，免得给弄坏了。最后爸牵来了艾伦，把它拴在车后。

"卡洛琳，上车吧！"他扶着妈坐上了马车的弹簧座，接着又把格蕾丝放到了妈的怀里。

"接好了，"爸说，"现在是玛丽！"爸扶着玛丽坐在坐垫后面的木板上。罗兰和卡琳也上了马车，分别坐在玛丽的两边。

"出发了，我们就要到新家去了！"爸说。

"哦，上帝啊，罗兰你赶快戴上遮阳帽，春天的风会吹伤皮肤的。"妈说着把格蕾丝的帽子往下拉，遮住了格蕾丝娇嫩的小脸。玛丽和妈的脸都被太阳帽遮得严严实实的。

罗兰悄悄地拉了一下背后的帽带，这样遮阳帽就能往后挪一点儿了。因为宽宽的帽檐几乎遮到了她的脸颊，没有办法看到小镇了。透过帽檐，她只能看到绿色的草原和蔚蓝的天空。

马车在泥泞的道路上颠簸，罗兰紧紧抓着弹簧座的后面，身体也一直跟着马车摇晃，可是她也没忘了看眼前的蓝天绿地。突然有两匹棕色的马并肩跑了过来，它们扬起尾巴和鬃毛，细长的腿迈着优雅轻盈的步伐，脖颈微曲，耳朵直直地竖起来。在经过罗兰他们身边时，它们还骄傲地甩了甩头。

"哦，这马真漂亮！"罗兰喊道，"看，爸！快看啊！"她的目光一直追着这两匹马，它们拉着一辆轻巧的马车，赶车的是一个年轻人，旁边站着一个高个子，用一只手搭着他的肩膀。过了一会儿，马车走远了，罗兰看不见了。

爸也在座位上扭过头看那两匹马。"他们是怀德兄弟。"他说，"驾车那个小伙子叫阿曼乐，旁边的是他的哥哥罗雷，他们已经申请到了小镇北边的放领地，那两匹马是这个地方最好的马了。哎，这样好的马，真是很少见啊！"

罗兰也希望自己有那样好的马，不过她心里知道，自己可能永远都不会有。

爸驾着马车向南走，穿过草原，沿着一条平缓的斜坡向大沼泽那边驶过去。

"爸，它们得值多少钱啊？"罗兰问。

"什么？爱操心的小姑娘。"爸说。

"就刚刚那两匹马，得花多钱才能买到？"罗兰问。

"刚才那两匹马啊，我觉得肯定不少于二百五十元，也许要三百元。你问这个干什么？"爸说。

"没什么，我就是想知道。"罗兰说。我的天哪！三百元可是很大的一笔数目了，罗兰想都不敢想。只有有钱人才能才拿得出这笔钱买马。罗兰心想，要是她有一天有钱了，一定要买两匹长着黑色尾巴和鬃毛的棕色马。她任凭帽子被风吹到了背后，一门心思想象有一天骑着那样的马疾驰在草原上。

大沼泽向着西方和南方延伸得很远，在马车的另一边，湿润而狭窄的沼泽通往银湖窄窄的上游。爸驾着马车驶过狭窄的地方，走上了后面的高地。

"我们到家了！"爸说。罗兰看见了一间新建好的小屋矗立在明媚的阳光下。在这片起伏的绿色草原上，这间小木屋就像一个小玩具一样。

爸扶着妈走下马车，妈笑着说："查尔斯，它看起来像是木棚被劈成了两半。"

"卡洛琳，你错啦。"爸说，"这间木屋只建了一半，还有一半没有完工呢，很快就能完工了。"

这间小木屋和刚建了一半的屋顶是用粗糙的木板盖好的，木板之间还有很多缝隙，窗户也没有安上，也没有门，不过地板已经装好了，还有一扇门通向地窖。

"昨天我只来得及把地窖挖好，把墙板简单地钉了一下。"爸说，"但是现在我们搬过来了，就不会有人来抢我们的地了。卡洛琳，你别担心，我会处理好一切的。"

"我真高兴终于到家了，查尔斯。"妈说。

太阳落山之前，他们就进了这间有趣的小屋。现在他们已经架好了炉灶，铺好了床，挂好了帘子，在小小的房间里隔出了两间卧室。吃过晚餐，洗好碗盘，夜色轻轻地降临在草原上。没人想要点灯，因为春天的夜色太美了。

妈坐在门口的摇椅里轻轻地摇，怀里抱着格蕾丝，卡琳紧紧挨着她坐着。玛丽和罗兰坐在门槛上。爸坐在门外草地上的一把椅子上。大家都没有说话，静静地欣赏着夜色。天上的星星一颗接一颗亮起来，大沼泽里蛙声一片。

一阵微风吹过，如天鹅绒一般柔软的夜色静谧而安宁，星星在浩瀚无边的天空中眨着明亮的眼睛。

"罗兰，来点儿音乐吧？"爸说。

罗兰去妈的床下取出小提琴盒子。爸从琴盒里拿出小提琴，调好了音，然后在迷人的夜色里和星空下唱起了歌：

赶走忧伤和烦恼，

哭泣只能带来悲伤。

如果今天不顺利，

明天又是新的一天。

赶走忧伤和烦恼，

尽你所能做到最好。

凭自己的努力去拼搏，

这是每个人的座右铭。

"等你把屋顶修好了，我就把牧羊女瓷像拿出来摆好。"妈说。

爸用琴音回应着妈。那优美的旋律有如阳光下的泉水，欢快地汇入清澈的池塘。这时美丽的月亮升起来，银白色的月光照亮整个夜空，也洒在辽阔无边的草原上。爸拉着小提琴，轻轻地唱了起来：

当星星明亮地闪烁，

当轻轻的风停了下来，

当暮色笼罩着草原，

我看见一盏小小的烛火，

在山间的小屋里闪烁，

我知道那是为我点亮的火光。

第二十九章
放领地的小木屋

"今天要做的首要事情，就是挖一口井。"第二天早晨爸说。然后他就扛着铁锹，吹着口哨往大沼泽那边去了。罗兰收拾桌子时，妈卷起了袖子。

"孩子们，"妈开心地说，"我们齐心协力，把所有的东西都收拾好。"可是那天早晨就连妈也犯难了，因为东西摆得满地都是，整间屋子都没有落脚的地方，可每一件东西都要放到合适的地方。罗兰和卡琳帮着妈把家具搬来挪去，然后再想想，又接着挪动。等爸干完活儿回来，玛丽的摇椅还没放进屋里。

"卡洛琳，你的水井已经挖好了，"爸高兴地说，"有六英尺深，井水很清凉！我一会儿再去做个井盖，免得格蕾丝掉下去。"他看到屋子里一片狼藉，推了推帽子，挠了挠脑门，"这些东西放不下吗？"

"没问题的，查尔斯，"妈说，"有志者事竟成。"

后来罗兰想到了床该如何摆放，但问题是现在她们有三张床，如果并排放的话，玛丽的摇椅就没地方摆了。罗兰想把两张小床并排放到屋子的一角，然后让大床的床脚对着小床垂直摆放，床头正好抵住另一面墙。

"在这两张小床旁边拉上帘子,"罗兰跟妈说,"大床的旁边也拉上帘子,这样就能有一块空地了,可以放玛丽的摇椅。"

"我的女儿真聪明。"妈称赞说。

餐桌放在罗兰和玛丽的床边,爸正好打算在这儿开一扇窗户。桌子旁边放着妈的摇椅,门后的墙角放着陈列架,另一个墙角放着炉子,炉子旁边放着碗柜。大衣箱正好摆在炉子和玛丽的摇椅中间。

"看,其他箱子都能塞到床底下去,真是太好了!"妈说。

吃午餐的时候,爸说:"今天下午我会把房子的另一半盖好,应该天黑之前就能完工。"爸说到做到。他在南面炉子旁边的墙上安了一扇窗户,并装上了从镇里木材厂买来的门,然后在小屋的外面钉了一层黑色的沥青纸。

罗兰打开气味难闻的宽宽的沥青纸,铺到斜坡屋顶上和清新干净的松木板墙上,再把多余的沥青纸剪掉。沥青纸虽然不好看,但它能挡住缝隙,不让风吹进屋里。

"好啦,一天的活儿终于圆满完工了。"他们坐下来吃晚餐时爸说。

"是啊,明天我们就可以打开所有的行李,拿出来放好了。"妈说,"我觉得应该做些好吃的庆祝一下,现在有发酵面团可以用,不过我不想再做酸奶饼干了。"

"你做的发酵面包很好吃,酸奶饼干也很好吃!"爸说,"不过,没有木柴烧的话什么也做不了,我明天就去亨利湖捡一车木柴回来。"

"爸,我可以跟你一块儿去吗?"罗兰说。

"我也想去!"卡琳说。

"不行啊，孩子们，去一趟要很长时间，妈还需要你们帮忙呢！"

"我只是想去看看树……"卡琳说。

"卡琳说的没错，"妈说，"我也想去看看树呢，好让我的眼睛放松一下。这里一棵树也没有，光秃秃的。"

"这里很快就会长满树的。"爸说，"这是美国政府倡导的，政府要求每一块放领地都得种树，并且不能少于十英亩。所以，再等个四五年，这里肯定是绿树成荫了。"

"那我可是要好好看看了。"妈说，"夏天的时候，树荫下可是最凉快的了，树林还能挡住风暴呢。"

"这我倒是不知道，"爸说，"不过，树木总是向四周开枝散叶的。卡洛琳，你应该记得在威斯康星大森林里开垦土地的情形，要想清理一块地出来，必须得把树干刨走，然后还要挖出地里的残根，真累人啊！所以说，要是种庄稼的话，还是一片平坦的草原省力气。不过政府好像没想过这一点。所以，别担心，卡洛琳，你会看到整个地方绿树遍野的。就像你说的，树林能够挡住暴风，改善气候。"

忙碌了一天，大家都很累了，所以没有听音乐唱歌，早早就上床睡觉去了。第二天，爸赶着马车去了亨利湖。

罗兰牵着艾伦去井边喝水，整个世界显得生机勃勃。草原上上盛开着白色的小花，在风中翩翩起舞。小木屋的斜坡下，有很多野生的红番花开放在草丛间，黄色蓝色相间的花朵也非常好看，还有些酢浆草粉紫色的小花在三叶草形的叶子上含苞待放。罗兰一边走着，一边弯下腰去摘酢浆草，把清新的、略带点酸味的茎和花瓣放在嘴里轻轻咬。

奶牛喝好水之后，罗兰带着艾伦来到一片新鲜的青草地上吃草。从那里往北眺望，看得到城镇的轮廓。大沼泽向着西南方向延伸，上面长满了高高的野草。草原的其他地方就像是点缀着春天花朵的绿色地毯。

罗兰是大姑娘了，不过她还是忍不住张开双臂，迎着风奔跑起来，还在草地上打了个滚，像一匹脱缰的小野马一样。她躺在柔软的草地上，看着蓝蓝的天空和珍珠般的白云，心里充满了快乐。

突然间她想到裙子可能会被青草染色，于是赶紧站起来查看，白色的裙子上已经有一片绿色的污渍了。这时候她意识到自己应该回家去帮妈干活儿了，于是飞快地赶回盖着黑色沥青纸的小屋。

"真像老虎的斑纹。"罗兰说。

"你说什么，罗兰？"妈惊讶地抬起头问。她正把书往陈列架底层放。我说，咱们的小屋，黑色的沥青纸上钉着黄色的木条，就好像老虎的斑纹一样。"

"老虎是黄皮黑斑的。"玛丽说。

"好啦，孩子们，快把你们的盒子打开，"妈说，"我们把漂亮的东西都放到陈列架上去。"

陈列架最下面一层放着书，上面一层放着罗兰、玛丽和卡琳的玻璃盒，盒子每一面都刻着霜花，盒盖上绘有彩色的花朵，三个盒子把那一层架子点缀得闪闪发亮。妈在第四层架子上摆上了座钟。黄棕色的木头架子上是圆形的玻璃钟面，钟面四周都刻着花边，背面是金色的花朵图案，钟摆左右摇摆，发出嘀嗒嘀嗒的响声。再上一层就是陈列架的最高一层了，也是面积最小的一层，上面放着罗兰的白瓷首饰盒，盒顶上是一套金色的茶杯，旁边还放着卡琳的棕白色相间的陶瓷小狗。

"真漂亮！"妈说，"陈列架让房间增色不少。现在，我们把牧羊女瓷像放上去吧。"接着妈飞快地朝四周一看，惊叫起来："天哪，面团已经发起来了！"

原来是发酵的面团把锅盖顶开了。妈赶紧往上面撒了些面粉，然后把面团拿出来揉着，准备晚餐。妈把饼干放进烤箱时，爸赶着马车回来了，马车上装满了柳树枝，都是爸从亨利湖那边弄回来做夏天的木柴用的，因为亨利湖没有像样的树木。

"嗨，小丫头！还有卡洛琳，你们先别忙着吃饭，"爸说，"等我拴好了马，我给你们看样好东西！"说完，爸卸下马具，然后牵着马拴好。很快他就跑回来了，掀起车厢前的马毯。

"快来看看，卡洛琳，我一路上都用毯子盖好了，免得被风吹干了。"爸兴奋地说。

"是什么呀？"罗兰和妈快步走过去，卡琳也爬到了车轮上，"是树！"妈喊道。

"小树！"罗兰大叫着，"玛丽，爸带回来了很多小树！"

"这些是白杨树。"爸说，"我们从布鲁金斯经过草原的时候，不是看到一棵巨大的树吗？这些树苗就是那棵树的种子长成的。你要是走近了看那棵树，就会发现它真是一棵参天大树。亨利湖的四周都散布着它的种子。我挖了很多树苗，我们可以种在屋子周围，这样能够防风。等我把它们种进地里，卡洛琳，你的树就会茁壮成长啦。"

爸从马车上取下了铁锹，说："卡洛琳，第一棵树是你的，你选一棵树苗，然后告诉我想种在什么地方。"

"等我一会儿。"妈说完转身回屋去关上烤箱，把煮土豆的锅放到一边。然后走出来选了一棵树苗，说想把它栽到门边。

爸用铁锹在草皮上铲了一个正方形，然后铲开草皮，挖好一个树坑，把泥巴弄得碎碎的，把树苗种了进去。他非常小心，没有弄掉树根上带着的泥土。

"卡洛琳，扶好树苗。"爸说。妈扶着树苗，爸开始往树坑里面填土，填满后再把泥土踩实。弄好之后，他后退几步，满意地看了看，对着妈说："卡洛琳，你现在就能看到一棵树了，而且是你自己的树，等午餐之后我们再给树苗浇水，现在先把它们种下来。玛丽，轮到你了！"

爸在刚种好的树苗旁边挖了一个坑，然后从马车上取下一棵树苗，让玛丽扶好，爸再把土填满。这棵树就是玛丽的了。

"罗兰，这次轮到你了。"爸说，"房子周围都栽满了树，这样才能防风，我和你妈把树栽到门边，你们几个的树就紧挨着我们种下吧。"

罗兰把树苗扶正，爸往树坑里填土，接下来是卡琳。四棵小树整齐地排在房子周围。

"现在轮到格蕾丝啦！"爸说，"格蕾丝在哪儿呢？卡洛琳，把格蕾丝叫过来栽树啊。"

妈从屋里往外看，说："查尔斯，她不应该跟你在一起吗？"

"我想格蕾丝是去小屋后面玩了，我去找她。"卡琳跑到小屋后面喊着格蕾丝的名字。很快她就回来了，苍白的小脸上没有一丝血色，一双大眼睛里充满了恐惧。她大声喊道："爸，格蕾丝不见了！"

"她应该就在附近的，格蕾丝！格蕾丝！"妈大声地喊着，爸也喊着小女儿的名字。

"罗兰！卡琳！你们别傻站着了，赶快去找！快去！"然后，她惊叫一声："水井！"然后沿着小路飞快地跑过去。

井盖盖得好好的，格蕾丝是不会掉进去的。

"她不会丢的。"爸说。

"我把她留在了屋外，我以为她跟你在一起呢。"妈说。

"她不会走丢的。"爸反复说，"刚才她还在我的身边呢。"爸喊道，"格蕾丝！格蕾丝！"

罗兰飞快地跑到山坡上，哪里都不见格蕾丝的身影。她沿着沼泽朝银湖一路找去，一直找到了开满野花的大草原。她四处寻找，可是除了野草和野花，什么也没有。"格蕾丝！格蕾丝！"罗兰跑下山坡的时候看见了爸，妈也跟在后面。"这个地方很平坦，你看到她没有？难道……"爸惊恐地大叫："沼泽！"他说着就朝大沼泽地狂奔而去。

妈紧追了过去，她一边跑着一边回头喊："卡琳，你和玛丽先回家！罗兰，你再去别的地方找找！快去！"

玛丽回到屋子，站在门口大喊着："格蕾丝！格蕾丝！"妈的声音也从大沼泽那边传过来。

如果格蕾丝真是去了大沼泽迷路了，谁能找到她呢？那里的野草比罗兰还要高，而且那么大一片沼泽，里面都是淤泥，谁靠近都会陷进去的。罗兰听着粗糙的枯草在风中发出低沉的沙沙声，那声音几乎盖过了妈颤抖的喊叫声。

罗兰觉得自己浑身发冷，难受极了。

"罗兰！你快去找啊！"卡琳急哭了，"不要傻站着！赶快去找！我也去！"

"妈要你和玛丽在家待着！"罗兰说，"你还是和玛在丽一起吧。"

"那你快去找啊！"卡琳喊着，"快去找！格蕾丝！格蕾丝！"

"卡琳，你冷静一下，让我好好想想！"罗兰喊着，然后就朝阳光下的草原跑去。

第三十章
紫罗兰盛开的地方

罗兰一直向南边跑去，光着脚踩在柔软的青草上，蝴蝶在花丛中穿梭飞舞。这里没有一棵树，也没有杂草，格蕾丝没地方可以躲藏。可是，阳光下除了遍地的野花和小草，什么也没有。

罗兰想，格蕾丝这么小，如果一个人玩的话，她是不会往黑乎乎的沼泽里走的，也不会走进淤泥和荒草中。罗兰心里感到有些内疚，责怪自己没有看好最小的妹妹，她那么可爱，那么无助……"格蕾丝！格蕾丝！"罗兰大喊着，跑得气喘吁吁，心口生疼。

罗兰边喊便向前跑着，心里想她肯定是沿着这条路追蝴蝶去了。她一定不会去大沼泽的，也不会爬上山坡。天啊，格蕾丝！罗兰怎么也找不到她。"格蕾丝！"罗兰又大声喊。

阳光明媚的草原实在是太大了，大得令人害怕。如果有迷路的孩子，一定找不着回家的路。爸妈还在焦急地呼喊，风从沼泽那边吹来，那些喊声显得那么的无力。

罗兰深呼吸了一下，觉得两肋生疼，头也有些晕，眼睛也快看不清东西了。她沿着一面低矮的山坡跑上去，四周全是平坦的草原，连片阴影也没有。她继续往前跑，突然草地在她面前凹了下去，她几乎掉进坑里。

啊！格蕾丝！她看到了格蕾丝！她就静静地坐在那里，金色的头发在阳光下闪闪发光，被风吹得轻轻地飘着。她抬起头，用紫罗兰一样美丽的眼睛看着罗兰。她举起手中的一大把紫罗兰，笑着说："多可爱啊！真可爱！"

罗兰立刻滑下去，然后紧紧地抱着格蕾丝，大口地喘着气。格蕾丝伸出手去摘更多的紫罗兰。在她们四周开满了绚烂的紫罗兰，把这一大片平整的圆形洼地变成了花的海洋。周围的草岸几乎笔直地与平坦的草原相连。在这片洼地里，几乎没有一丝风，紫罗兰迷人的芳香久久不散。阳光温暖地照射下来，抬头就是蓝天白云，绿油油的草丛环绕四周，蝴蝶在紫罗兰的花海中尽情飞舞。罗兰站起来，拉起格蕾丝，手里拿着她递过来的紫罗兰，说："格蕾丝，我们该回家了。"

她带着格蕾丝爬上草原，又回头看了看这片美丽的洼地。格蕾丝走得很慢，罗兰只好抱着她走，过一会儿又放下，让她自己走，因为格蕾丝已经三岁了，有点儿沉。就这样，抱一段走一段，罗兰终于把她带回了小屋，交给了玛丽。然后她向大沼泽跑去，一边跑一边喊着："爸，妈，我找到格蕾丝了！"她一直喊着，直到爸听到了叫喊声，然后找到妈。他们俩慢慢地从沼泽里艰难地走出来，慢慢地走回小屋去，尽管身上满是污泥，非常疲劳，但是都感到很欣慰。

"罗兰，你在哪里找到她的？"妈抱着格蕾丝，重重地坐到摇椅上。

"是在一个……嗯……"罗兰有些迟疑，"爸，真的有仙女存在的仙境吗？那是一个圆形的地方，深深地凹进，整个底部十分平坦，四周的草岸一样高。除非站在草岸上，不然根本看不见那个地方。那里很大，长满了好看的紫罗兰。那样的一个地应该不是自然形成的，我想是某种外力造成的。"

"罗兰，你是大姑娘了，不该再相信那些童话故事了。"妈说，"查尔斯，你不能总让她生活在童话里。"

"我明白。不过，那里确实不像一个真实的地方，真的。"罗兰说，"那里的紫罗兰香气袭人，你闻一闻就知道了。"

"的确是很香，屋子里都是这种香味。"妈说，"不过，这些就是紫罗兰而已，不是来自什么仙境。"

"罗兰，你说得对，那个地方不是人造的。"爸说，"但是你说的仙女，很可能是只又大又丑的野兽，头上长着角，脊背隆起。那

地方就是野牛打滚的泥坑。你知道野牛是野生的，它们喜欢刨地，在坑里打滚，就跟我们饲养的牛一样。"

"这样的泥坑存在很久了。野牛群把地刨松，风就把泥沙尘土吹跑了。然后另一群野牛又来了，把地刨得更深。它们固定在同一个地方刨地、打滚，并且……"

"爸，它们为什么要在同一个地方打滚呢？"罗兰问。

"我也不知道为什么，"爸说，"也许是因为那里的土地很肥沃吧。现在，那些野牛都走了，泥坑里就长出了青草和紫罗兰。"

"好啦，"妈说，"结果好，一切就好。午餐时间都过了很久了，玛丽，你和卡琳把饼干烤糊吧？"

"没有，妈。"玛丽说。卡琳把包在一块干净布里的饼干拿出来，还有那锅已经煮好的土豆。

"妈，你坐着休息一会儿吧，我去做煎肉和肉汤。"罗兰说。

除了格蕾丝，大家都不饿。他们慢慢地吃完午餐，然后接着去栽树苗。妈帮着格蕾丝扶正树苗，爸往树坑里填土。所有的树苗都种好了之后，罗兰和卡琳就打水浇树了，每棵树都了浇一桶水。还没浇完所有的树苗，就该做晚餐了。

"我们总算顺利地住下来了！"吃晚餐的时候，爸说。

"是啊。"妈说，"还有一件事我给忘了，都不知道这一天是怎么过来的，我还没来得及把托架钉好呢。"

"没事，我一会儿就去钉，喝完茶就去。"爸说。

喝完茶，爸从床底的工具箱拿出锤子，在桌子和陈列架之间的隔墙上钉了一颗钉子。"卡洛琳，把托架和你的牧羊女雕像拿过来吧。"

妈递过去这些东西。爸把托架挂在上面固定好，再把陶瓷牧羊女放到托架上。牧羊女那小小的鞋子、漂亮的紧身衣和一头金色的头发，依然像在大森林里那样漂亮。她穿着白色的长裙，红扑扑的脸颊和蓝蓝的眼睛都和以前一样好看。那个托架，是以前爸送给妈的圣诞节礼物，这么多年过去了，上面一个划痕也没有，甚至比刚做好的时候更加细腻光滑了。

爸把自己的两把枪挂在门后，然后又把一个崭新的马蹄铁挂在枪上方的一个钉子上。

"好了，卡洛琳，咱们家虽然现在很困难，不过这是个美好的开始。"爸一边说，一边看着这个拥挤却温馨的小屋。

妈笑着看了看爸，没有说话。

"我想唱首歌给你们听，就唱那首马蹄铁的歌吧！"爸对罗兰说。

罗兰取来小提琴盒子，爸拿出小提琴，调好音，妈抱着格蕾丝坐在摇椅上轻轻地摇。罗兰轻轻地洗碗，卡琳帮着擦干碗盘。爸一边拉琴一边唱：

> 我们快乐地走在人生路上，
> 我们和睦相处，
> 我们相亲相爱，
> 若是有朋自远方来，
> 我们喜气洋洋，
> 我的家庭如此幸福快乐，
> 我们心满意足、别无他求。
> 要问这是为什么，
> 因为门上挂着一块马蹄铁。
> 请你把马蹄铁挂在门上，
> 好运会一直伴随，

如果你期待万事如意，

请你把马蹄铁挂在门上。

"查尔斯，这首歌听起来有些奇怪。"妈说。

"哦，管他呢。"爸说，"我们在这里一定会生活得很幸福的，我一直坚信这一点，卡洛琳。我们以后要在这儿盖更多的房子，也许还会有两匹马和轻便马车。我不想开垦出太多的土地，只要一个菜园和一片小田地就好了，够咱们自己吃粮食蔬菜就行，剩下土地就用来种干草和养牛，以前这里有很多野牛，证明这里一定是养牛的好地方。"

罗兰洗了碗之后，把剩下的水倒在门后的草地上，明天的太阳很快就会把水晒干。她抬头看着天空，几颗星星正冲她眨眼睛呢，远处的小镇上闪烁着橘黄色的灯火，夜幕笼罩了整片草原。风静悄悄的，在草丛间呢喃低语。大地、河流、天空和风，都是自然和永恒的。

"野牛走了，我们却来了。"罗兰心想。

第三十一章
蚊　子

"我得赶快给马盖一间马厩了，"爸说，"不能让它们老在外面过夜。夏天也许会有暴风雨，它们也需要一个安身的地方。"

"艾伦也需要吗？"罗兰问。

"牛在夏天最好待在屋子外面，"爸告诉她说，"但马必须要待在马厩里才行。"

爸把马厩建在了小屋的西侧，靠着小山坡，这样可以抵挡冬天从西北方向刮来的寒风。罗兰在一旁帮忙，一会儿扶着木板，一会儿给爸递工具和钉子。

天气越来越热了，沼泽里滋生出了很多蚊子，成群地飞来，每天夜里去叮咬艾伦。它们嗡嗡叫着，围在艾伦身边，咬它的皮肤，吸它的血，艾伦只能拖着绳子甩着尾巴，不停地转着走。蚊子还飞进了马厩里去咬马，咬得马昂起头牵扯缰绳，使劲儿地跺着蹄子。蚊子也飞进了屋子，罗兰一家人也被咬得满身是包。

蚊子嗡嗡乱叫，到处乱咬，让夜晚变得难以忍受。

"这样下去可不行，"爸说，"一定要装上纱窗、纱门。"

"都是那个大沼泽，蚊子都是从那里出来的。真希望能离它远一些！"妈说。

不过，爸却喜欢大沼泽。"沼泽上有很多很好的牧草呢，谁都可以去。"爸对妈说，"不会有人选一片沼泽当放领地的，这附近就只有咱们一家，我们割牧草多方便啊。而且草原上的草丛里也都是蚊子。我今天就到镇上买纱网去。"

爸买回来一些粉色的纱网，还有做纱网门框用的木条。爸做纱门时妈就在窗户上钉好纱网，然后又钉到纱门门框上，最后爸把纱门挂在了门上。

那天晚上，爸点燃了一大堆湿草，浓烟在马厩的门前飘荡，把蚊子挡在门外。

爸在艾伦身旁点了一堆湿草，艾伦真聪明，乖乖地站到浓烟里，待着不动。

爸仔细地检查了一下火堆旁，确认没有干草，然后又往火堆上加了些湿草，这样火堆就可以燃上一整夜了。

"好了，我们终于把蚊子困住了！"爸说。

第三十二章
寂静的夜晚

山姆和大卫安静地站在马厩里休息，蚊子被烟熏得四处逃窜，根本无法靠近马厩，艾伦也在烟雾里舒服地躺着。没有蚊子再敢骚扰它们了。蚊子同样被隔在了纱窗外面，屋子里很安静，再也听不到它们扰人的叫声了。

"现在终于舒服了，罗兰，快把我的小提琴拿来，来点儿音乐吧！"爸说。

格蕾丝已经睡着了，卡琳坐在她的身边，玛丽和妈都坐在摇椅上轻轻地摇着。月光从南边的窗户里照进来，洒在爸的脸上、手上和小提琴上。

罗兰坐在玛丽的旁边，从窗户那里看着那轮明月，想起了那片开满紫罗兰的仙境，此刻在月光的照耀下，该是多么美丽啊！这样美的月色，仙女们定在那里翩翩起舞。爸伴着琴声，唱了起来：

我出生于斯嘉丽小镇，

那里有个美丽的姑娘，

小伙子们都爱喊她的名字，

她的名字叫芭芭拉·爱伦。

五月多么美好，

到处绿意盎然，

年轻的强尼卧病在床，

为了他心爱的芭芭拉·爱伦。

罗兰和玛丽走进卧室里，轻轻地拉上了帘子，和卡琳、格蕾丝一起睡觉了。

当罗兰慢慢睡着的时候，心里还在想着那片美丽的仙境，想着倾洒在草原上的皎洁的月光。爸拉着小提琴轻声歌唱：

家，美好的家，

家，幸福的家，

哪怕它简陋无比，

永远是我魂牵梦绕的地方。